불 꺼진 나의 집

불/꺼진/나의/집

한동일

열림원

내 이야기가
타인의 이야기로 흘러가길

작가의 말

 작가가 된다는 꿈을 가져본 적은 없었다. 보고서, 논문을 쓰는 연구자가 목표였던 때가 있었다. 소설은 고려의 대상이 아니었다. 그러다 우연히 평소와 다름없는 날, 삶의 관성을 바꿀 필요가 생긴 날, 작가가 되기로 했다. 하지만 막연했다. 문장, 문단은 고사하고 단어 하나를 고르는 것조차 아득했다. 그래도 무작정 썼다. 하루가 쌓여 6년이 되었다. 흘러서 사라질 시간을 붙잡았다. 시간은 이제 책이 되었다.
 글을 쓰기 전, 소설이란 무엇일까 고민한다. 그러다 고민의 크기는 점점 작아지고, 매번 다른 주제로 귀결된다. 각기 다른 글의 공통점은 나와 같은 시대를 사는 사람에 대한 이야기라는 점이다. 그들을 다루는 방식으로 상당 부분 심리

학을 차용했다. 무의식, 불안, 우울 그리고 이것들을 기반으로 한 꿈. 내가 겪었던 일, 타인을 통해 간접적으로 경험한 것, 경험으로부터 파생된 것 그리고 이 모든 것을 엮기 위한 긴 사색이 필요했다.

그렇다고 수록된 글이 나의 세계를 초월한 것은 아니다. 수면 아래로 가라앉은 것을 다른 방식으로 해석했을 뿐이다. 그 과정에서 불필요한 것은 사라지고 필요에 따라 선택된 것이 남았다. 글로 재구성된 기억은 왜곡되고 변형되었다. 내게 유리한 것은 미화시켰다. 타인에게 불리한 것은 추화했을 것이다. 기억은 기록이 아니라 해석*이라는 말로 변명하고 양해를 구한다. 그만큼 불완전하다.

지극히 개인적인 시각으로 해석한 글의 묶음이다. 오랫동안 형성한 나의 편협하고 단편적인 시각이 본질을 곡해하고, 현상 위에 맴돌게 만들고 있을지도 모른다. 또한, 나와 접점이 없는 누군가는 지겹게 다가올 글일 수도 있다. 그럼에도 나는 내 이야기가 타인의 이야기로 나아가길 희망한다.

덧붙여 이 길로 이끌어 주신 나태주 시인님, 소중한 시간

---

* 영화 '메멘토Memento'의 대사

을 내어 글을 읽고 조언해 주신 조동길 교수님, 김홍정 작가님, 강가영, 김예원, 안지연 님께 감사의 말을 전한다.

한동일

차례

작가의 말 7

1. 인간 모독 13
2. 죽음을 맞이한 방 47
3. 소송 77
4. 냄새 111
5. 불 꺼진 나의 집 147
6. 팽팽하게 감긴 태엽 175

해설 _ 유성호 213

1

인간 모독

오래된 내 집 천장에는 쥐가 살고 있다. 그 쥐는 밤마다 나무 천장을 긁어대 내 잠을 방해했다. 나는 잠결에 침대에서 일어나 주먹으로 천장을 두드렸다. 얇은 판자 위의 쥐는 숨죽인 채 나의 발걸음을 추적하는 듯했고, 나는 쥐가 그대로 침묵에 빠지길 고대했다. 나는 침대에 누워 천장을 바라보았다. 정적이 내 방을 온전하게 차지하길 기다렸다. 하지만 그 고요함은 살얼음처럼 쉽사리 깨졌다. 쥐가 부스럭거렸다. 내 생각을 영양분 삼았는지 다시 찾아온 쥐의 발걸음은 육중해지고 둔탁해졌으며 더욱 소란스러워졌다.

나는 키가 작았다. 지금은 겨우 평균에 가깝지만, 항상 왜

소했다. 그렇다고 동급생들이 덩치 작은 나를 괴롭힌 것은 아니었다. 나는 그저 공부 잘하고 존재감 없는 병약한 여자아이였다. 학교 아이들은 동물과 크게 다르지 않았다. 육체적 투쟁과 정복, 울음과 포효가 공존했다. 초등학교 저학년 때에는 신체적 발육만큼이나 그들의 폭력은 정도가 심하지 않았다. 그들의 야생적 행위가 끝나면 교실은 잠잠해졌다. 하지만 고학년이 되자 학생들의 다툼과 더불어 어른인 선생이 휘두르는 일방적인 구타가 추가됐다. 4학년 때였다. 내게 어렴풋이 남아있는 흔적은 반장인 친구와 부반장인 내가 교탁 앞에서 고개를 숙이고 서있었던 모습이었다. 안경을 쓴 작은 체구의 담임선생은 붉은 얼굴을 한 채 우리에게 욕설을 퍼부었다. 그러다 자신의 화를 주체하지 못한 나머지 반장의 뺨을 때리기 시작해 교실 끝에서 반장이 코피를 흘리고 나서야 끝이 났다. 나는 반장 덕분에 맞지 않았다. 담임은 떨고 있던 나와 반 아이들을 번갈아 보며 새하얀 침이 잔뜩 낀 입꼬리를 들썩거렸다. 나는 그의 말이 끝나고 나서야 겨우 내 자리로 돌아갈 수 있었다. 학년 내내 아이들은 선생님의 자비, 자애와 사랑이 아닌 공포로 가르침을 받았다. 누구도 담임 앞에서 질문할 수 없었다. 내가 교실에서 들을 수 있었던 것은 오직 담임이 남긴 말과 연필 소리가 전부였다.

그리고 내 안에 남아있던 것은 불쾌한 흥분뿐이었다.

초등학교 5학년 담임은 남자다웠다. 운동을 잘했고 덩치가 아주 컸다. 언제나 호쾌하게 웃었다. 난 그의 웃음에서 좋은 사람일 거라고 믿었다. 믿고 싶었다. 최소한 4학년 담임처럼 이유 없이 내 친구들을 때리지는 않을 거라고 생각했다. 하지만 나의 판단이 틀렸다는 것을 확인하는 데에는 오랜 시간이 걸리지 않았다. 나는 늘 타인의 폭력을 방관하고, 허용할 수밖에 없었다. 그사이 폭력은 내 주변에서, 어느덧 내게로 무차별하게 날뛰었다. "잘못한 거 없어?" 담임이 내게 말했다. 나는 교탁 옆에 서서 어금니를 깨문 채 바닥을 향해 시선을 고정했다. 아무리 생각해도 나는 잘못한 게 없었다. 나는 고개를 좌우로 흔들었다. 그는 내게 태도가 불량하다고 말했다. 나는 꼼짝하지도 대꾸도 하지 않았다. 그가 나를 향해 네까짓 게 나를 무시해라고 소리쳤다. 견딜 수 없는 그의 포효가, 그가 내뱉은 말들이 뭉개지며 쏟아졌다. 귀가 웅웅거렸다. 때로는 그가 내뱉은 말이 도리어 그에게 기폭제가 되었다. 단순한 고함은 욕설로, 욕설 들의 집합은 행위로 점차 증폭됐다. 내 어깨 위에 묵직한 고통이 나를 짓눌렀다. 담임이 자신의 다리를 들어, 내 어깨를 찍어 눌렀다. 어깨에 억울함과 두려움과 공포가 겹겹이 쌓였다. 나는 바닥으로 주저앉았다. 그리고 바닥에 양손을 댄 채 서럽게 울었다. 담임의 폭력은 내 울음소리를 들은 옆 반 선생의 만류로 겨우 끝이 났다.

  6학년은 5학년의 반복이었다. 내게 담임의 그림자가 스며들었다. 주목받는 것이 두려웠다. 내 이름이 호명되고, 그로 인해 의자에서 일어나야 했으며, 어쩔 수 없이 타인의 눈에 띄는 것만으로도 손바닥에 땀이 흥건했다. 1년이 넘는 시간 동안 그는 내가 되고 싶어 하는 나를, 내가 원하는 삶의 일부를 애초에 존재하지 않았던 것처럼 지워내고 있었다. 매일 밤 천장 위에 살던 쥐는 얇은 나무판을 갉아 먹어 마침내 구멍을 내버렸다. 쥐는 아침이면 탁자에 놓여 있을 빵을 훔쳐 먹었고 나를 물어뜯었다. 나는 수업을 제대로 들을 수 없었다. 당연히 6학년 첫 번째 시험도 망쳤다. 성적표의 점수보다 담임에게 얼마나 맞을까 하는 생각이 앞섰다. 하지만 담임은 나를 때리지 않았다. 대신 그는 성적순으로 자리를 재배치했다. 나는 안도했다. 내 자리가 바뀐 뒤 내 앞, 옆으로 친구들이 작은 담이 되었다. 폭력이 한 발짝 물러서자 평정이 찾아왔다. 다시 내게 몰입할 수 있었다. 6학년 첫 번째 학기는 빠르게 흘렀다. 여름이 다가왔고 두 번째 시험이 끝났다. 지난 시험에서 1등을 한 아이가 얻어맞았다. 나는 성적표를 확인하고 싶지 않았다. 겨우 열어본 내 성적표에는 1이라는 숫자가 찍혀있었다.

교실이 소란스러웠다. 싸움이 난 듯했다. 내가 교실로 돌아왔음에도 아이들은 싸움 구경에 열중했다. 나는 교탁 위에 책을 올려놓은 뒤 아이들을 비집고 들어갔다. 한 아이가 다른 아이의 배 위에 올라앉아 주먹질하고 있었다.

"그만두지 못해."

내가 소리쳤다. 구경꾼들은 재빨리 자신의 자리로 돌아갔다. 주먹을 휘두르던 아이는 곁눈질로 나를 본 뒤 자신의 아래에 깔려 있던 아이의 뺨을 한 대 더 후려쳤다. 그러고는 자리에서 일어나 아무렇지 않게 바지를 털었다. 맞고 있던 아이는 울고 있었다.

"누가 친구를 때리래. 왜 그랬어?"

"쟤가 하라는 대로 안 하잖아요."

"친구가 네 부하니? 왜 네 말을 들어야 해?"

"엄마가 공부만 잘하면 하고 싶은 대로 해도 된다고 했단 말이에요."

"공부 잘한다고 다른 사람을 때릴 자격까지 주는 건 아니야. 친구한테 사과해."

"싫어요. 잘못한 게 없는데 왜 사과를 해요."

"없다고? 너 안 되겠다. 끝에 가서 서있어. 가서 뭘 잘못했는지 생각날 때까지 서있어."

"선생이 이래도 돼요?"

나는 아이를 향해 소리쳤다. 처음 보이는 내 모습에 아이는 움찔했다. 그 아이는 어쩔 수 없다는 표정으로 교실 맨 뒤에서 가만히 서있었다. 그사이 두들겨 맞았던 친구는 바닥에 앉은 채로 울음을 참고 있었다. 나는 교실을 둘러보았다. 아이들 모두가 나를 힐끗거렸다. 그들에게서 4학년 시절 담임에게 혼나고 제자리로 돌아갈 때 본 친구들의 눈빛이 떠올랐다. 얼굴이 달아올랐다. 옆 반 선생님이 뛰어왔다. 그녀는 울고 있던 아이를 일으켜 밖으로 나갔다. 교실 안과 밖은 서서히 침묵에 빠져들고 있었다. 나는 다시 교탁 앞에 섰다. 떨리는 목소리로 맨 뒤에 서있던 아이를 보며 친구 사이에 해야 할 것과 하지 말아야 할 것, 존중과 예의에 대해 말했다. 그는 나를 노려보았다.

그 수업은 어떻게 지나갔는지도 모르게 끝이 났다. 교무실로 돌아오자 나를 아슬아슬하게 붙잡고 있던 힘이 빠져나갔다. 쉬는 시간이 끝나고 다시 수업, 또다시 쉬는 시간 그리고 마지막 수업이 끝나고 하교 시간이 되었다. 한 아이가 혼났던 애는 벌써 갔다고 했다. 나는 침묵하다 알겠다고 했다. 아이들과 인사하고 교무실로 왔다. 내 휴대전화가 울렸다. 의자에 앉아 전화기를 들여다봤다. 도망간 아이의 엄마였다. 숨을 길게 쉬었다. 받을 수 없다는 문자를 보내고 전화기를 껐다. 집에 가서도 전원을 켜지 않았다. 가만히 앉아 긴 밤을 기다렸다.

  눈을 떴다. 아침이었다. 내 시선은 꺼져있는 전화기로 향했다. 전화기를 가져와 손에 쥐었다. 다시 켜야 했지만 불안함이 나를 망설이게 했다. 나는 전화기를 침대에 던져놓고 출근 준비를 했다. 학교로 가는 버스에서 켜지 않은 전화기에 온 신경을 빼앗겼다. 학교가 가까워지자 손바닥은 땀으로 범벅 됐다. 치마 옆선에 누가 볼세라 땀을 닦아냈다. 버스에서 내렸다. 천천히 한 걸음씩 떼어내며 학교로 걸어갔다. 교문이 보였다. 나는 교문 앞에 서서 전화기의 전원을 켰다. 수십 통의 부재중 전화와 문자 알람이 손안에서 진동했다. 아이의 엄마 그리고 교감 선생님의 전화와 문자였다. 한 번도 들어보지 못한 욕이 가득했다. 나는 교문 앞에 선 채 오른쪽으로 고개를 돌려 내가 걸어 올라왔던 길을 봤다. 버스 정류장이 아득하게만 느껴졌다. 숨을 크게 쉬었다. 다시 전화기를 응시했다. 전화기 화면 위의 엄지손가락이 흔들렸다. 답장하지 않았다. 전체 선택 버튼을 누르고 지난밤 나를 갈구했던 그들의 흔적을 모두 지웠다. 전화기가 깨끗해졌고 가벼워졌다. 나는 가방에 전화기를 넣고 교문을 들어섰다. 교무실에 서는 걱정에 가까운 교감 선생님의 훈계가 이어졌다. 그리고 교장이 나를 찾았다.

"김 선생, 어제 애들한테 가혹 행위 했다며?"

교장실에 들어서자마자 인사할 겨를도 없이 교장이 말했다.

"그런 적 없습니다. 한 아이가 친구를 때려서 사과하라고 해도 하지 않아 뒤에 잠깐 서있으라고 한 것뿐입니다. 교육 차원이었습니다."

나는 문 앞에 서서 교장에게 답했다. 교장이 책상 앞 소파에 앉아 나를 향해 손짓했다. 나는 교장 옆자리에 앉았다. 교장은 어제 일을 내게 복기해 주었다. 내가 겪은 일과는 다른 점이 많았다.

"김 선생, 나도 선생님 마음 잘 알아요. 그런데 우리가 요즘 제대로 된 훈육이 가능키나 한가? 불가능하단 거 뻔히 알잖아요. 교육청에 민원이 들어가면 괜히 우리만 귀찮아지니까 그냥 사과하고 치워버려요. 한참 친구들끼리 싸우면서 클 때니까 그러려니 합시다."

교장이 나긋나긋하게 말했다.

"아닙니다. 한 아이만 일방적으로 때렸습니다."

내 대답에 교장의 표정이 바뀌었다.

"확실해? 김 선생이 다 봤어? 일부만 보고 그런 건 아니고? 확실한 거지?"

"다 본 건 아닙니다만, 때린 애는 맞은 자국도 없었습니다."

"그냥 추측인 거네? 나중에 문제 생기면 그 말 김 선생이 책임질 수 있어?"

"그게 아니라……."

"김 선생, 아이 어머님 전화번호 알죠? 지금 죄송하다고 전화합시다. 다시는 이런 일 없을 거라고 해요."

"교장 선생님, 저는 담임으로서 해야 할 일을 한 것뿐입니다."

교장이 소파 의자에 등을 기대며 자세를 고쳐 앉았다. 그는 다리를 꼰 채 발끝을 까딱거렸다.

"김 선생님. 나 봐봐요."

교장이 말을 멈추고 한참 동안 나를 응시했다. 나는 교장의 눈길을 견딜 수 없었다. 나는 고개를 숙여 교장실 바닥을 뚫어지라 바라봤다.

"김 선생이 오늘까지 사과 안 하면 교육청에 투서한다고 했으니, 인간적으로 우리 전화합시다. 솔직히 김 선생도 일

크게 만들고 싶진 않잖아?"

내가 아주 조금 고개를 끄덕였다. 그는 잠시 나를 주시하다 창밖을 보며 얼굴에 옅은 웃음을 띠었다.

"김 선생을 보면 나 선생질할 때 제자였던 애가 하나 생각나요. 죽어도 잘못했다고 안 하더라고. 재밌는 애였었는데, 이름이 뭐였더라. 강……, 강……, 늙어서 이젠 기억도 잘 안 나네."

옆에서 본 교장의 눈에서 어릴 적 나를 짐승처럼 물어뜯던 담임의 얼굴이 겹쳐 보였다. 잊었다고 생각했는데 다시 그 눈을 마주하자 주체할 수 없을 정도로 두근거렸다.

"예전에는 선생질한다는 것을 교편을 잡는다고 했어. 들어봤죠? 교편. 정확히 무슨 뜻인지 알아요?"

나는 기어들어 가는 목소리로 아니라고 했다. 교장은 갑자기 무슨 생각이 들었는지 소파에서 일어나 자신의 책상으로 가 내선전화기를 들었다.

"교감 선생님, 김 선생이 몇 반 담임이죠? 1반. 김 선생이랑 얘기가 길어지는데 누구 보내서 애들 자습 좀 시켜주세요. 네, 고마워요."

교장은 전화를 끊고 자리로 돌아왔다.

"어디까지 말했더라. 아, 교편. 선생들이 가지고 다녔던

막대기 같은 걸 교편이라고 했지. 그때만 해도 교육이란 것은 자고로 매로 훈육하는 거라는 생각들을 많이 했단 말이에요. 애가 잘못된 길을 가지 못하게 바로 잡는 최고의 방법은 회초리였어. 아주 효과적이기도 했고. 그런데 가끔 자기 잘못을 인정하지 않는 애들도 있었단 말이야. 그러면 선생이 돼서 어떻게 해야겠어요. 마음이 아프더라도 말을 들을 때까지 교정해야지. 선생도 사람인지라 가끔 흥분하기도 했는데 어쩌겠나. 다 자기 제자들이 올바른 길로 가는 게 우선인걸."

그는 내 앞에서 떠오르는 대로 지껄였다.

"강 뭐라고 했던 애 있죠? 걔도 공부를 참 잘했는데, 머리만 믿고 공부를 안 하더란 말이야. 경시대회 나가면 상위권에 들 만한 앤데 영 말을 안 들어. 그래도 내가 잘 지도해서 상도 타고 했어요. 나도 그 애 덕 좀 봤고."

교장은 몸짓마다 당시의 감정을 쏟아냈다. 자신의 행위를 미화하고 정당성을 부여했다. 나는 그런 그를 비웃었다.

"어제 김 선생도 그런 의미로 했다는 거, 나도 잘 알고 있어요. 하지만 시대가 많이 변했잖아요. 그럼 아이들을 가르치는 방법도 바뀌어야지. 안 그래요?"

그제야 그는 누그러진 표정을 지었다.

"이번 문제는 젊은 선생의 패기라고 해둘게요. 그러면, 이제 어머니한테 전화해서 사과하고 끝내는 것으로 마무리합시다."

그는 내게 사과를 종용했다.

5학년 담임 앞에서와 마찬가지로 나는 잘못한 게 없었고 사과하고 싶지 않았다. 교장에게는 오늘 중으로 전화하겠다고 중얼거렸다. 그가 어지간하다며 혀를 끌끌 찼다. 교장은 꼭 전화하라고 재차 당부한 뒤 돌아가 보라고 했다. 나는 자리에서 일어나 그에게 목례한 뒤 교장실을 나왔다. 천천히 계단을 내려갔다. 아이의 엄마는 참을성이 부족했다. 교무실로 내려가는 동안 또다시 전화가 울렸다. 목소리를 가다듬고 전화를 받았다. 흥분에 잠식된 여자의 목소리가 내 귓가에서 울렸다. 아이의 엄마는 내게 월급을 주는 사람은 자신이라고 말했고, 아이와 학부모가 존재해야만 학교라는 시스템이 돌아가는 거라고 했다. 그녀는 내게 교사 역량 부족이라고 했다. 덧붙여 예전이나 지금이나 선생들은 무식한 인간들이라고 했다.

학생이었던 시절의 나는 폭력의 피해자였다. 단 한 번도 그 상처를 달랠 길도 치유할 방법도 찾지 못했던 나는, 선생이 된 이후로 또다시 얻어맞았다. 선생이라는 이유로 구타했고, 선생이라는 이유로 얻어맞았다. 좋은 선생이 되고 싶었다. 하지만 아이의 엄마가 내뱉는 모욕에 또다시 나는 부정당했다. 참을 수 없는 모멸감이 밀어닥쳤다. 그녀에게 소리 지르고 싶었지만 내 행동은 다른 선생님들을 피해자로 만들 것이 분명했다. 아이의 엄마는 그칠 줄 몰랐다. 나는 침묵했다. 전화기 너머의 목소리는, 예전 내 담임이 그랬던 것처럼, 자신의 임계점에 다다르고 있었다. 나는 떨리는 목소리로 진정하라고 말했다. 그러자 그녀는 내게 자신이 듣고 싶은 말은 그게 아니라고 소리쳤다. 나는 무슨 말이 듣고 싶은 거냐고 물었다.

"건방진 년."

그녀는 짧은 말을 남기고 전화를 끊었다. 나는 계단 난간을 부여잡았다. 우산 없이 언제 그칠지 모르는 비 한가운데 꼼짝하지 못하고 서있었다. 억울함과 고통이 내 눈에서 쏟아져 나왔다. 그런 나를 지나가던 옆 반 선생님이 끌어안고 토닥여 주었다.

하교 시간이 되었다. 교탁 앞에 서서 반 아이들에게 어제 일은 미안하다고 사과했다. 이제 집으로 돌아가라고 했다. 그리고 피해자였던 아이에게 잠시 남으라고 말했다. 아이는 깜짝 놀란 표정이었다. 모두가 떠난 교실에 아이와 단둘이 남게 되었다.

"어제 많이 아팠니?"

내가 아이의 손을 잡고 물었다. 아이의 손이 떨렸다. 아이는 고개를 끄덕였다.

"어제 한 대라도 때린 적 있니?"

내 질문에 아이는 고개를 가로저었다.

"그럴 줄 알았어. 넌 착한 아이이니까. 선생님이 많이 미안해."

아이는 가만히 있었다. 내가 아이를 안았다. 아이가 울었다. 나는 아이를 꼬옥 껴안았다.

징계는 없었다. 가해자 아이의 부모는 아이를 변호했고 교장은 묵인했으며 나는 사과했다. 오히려 피해자였던 아이의 부모가 나를 신뢰한다고 말했다. 그들은 아무것도 하지 않았고 할 수도 없는 나를 믿었다. 어릴 적 내 부모가, 선생으로부터 얻어맞고 돌아온 내게 했던 말이 떠올랐다.

"네가 맞을 짓을 했으니까 맞은 거야. 선생님이 이유 없이 때렸겠어."

그러면서도 나를 바라보던, 슬픔 가득한 눈이 생각났다. 교무실에서 교실까지 가는 내내 그 눈과 목소리가 나를 흔들었다. 이제 교실에는 아이를 통제할 수 있는 수단이 없어졌다. 가해자인 아이는 더욱 날뛰었고 제어되지 않았다. 내 눈치를 보는 척했지만 내게 보란 듯이 동급생들을 괴롭혔다. 당연히 수업은 제대로 할 수 없었다. 나는 그 아이에게 하지 말라는 말만 되풀이할 수밖에 없었다.

"선생님 이거 보세요."

아이는 자리에서 일어나 책상 사이를 걸어 다니며 자신의 휴대전화를 내게 보여줬다. 아이의 눈동자가 반짝였다.

"너 뭐 하는 짓이야. 빨리 앞으로 제출해. 그리고 수업 시간에 쓸데없는 짓 하지 마. 자리에 앉아."

나는 아이를 보며 말했다. 하지만 아이는 아랑곳하지 않았다. 나는 거듭 아이에게 규칙을 지키라고 했다.

"그런데 선생님 이거 왜 반납하지 않은 줄 아세요? 답 맞히면 앉을게요. 말해보세요."

"딴소리하지 말고 앞으로 제출하고 제자리에 앉아 이제."

"엄마가 선생님 감시하라고 하나 더 줬어요. 앞으로 조심하셔야 할 거예요."

아이가 해맑게 웃으며 자리로 돌아와 앉았다. 나는 교실 뒤편을 바라보며 한숨을 쉬었다. 내 모습을 본 아이가 자지러지게 웃었다. 나는 다시 수업을 시작했다. 아이는 조용해지는가 싶더니 이내 수업에 껴들었다.

"어? 우리 엄마랑 똑같은 거다."

"조용히 해. 너 때문에 친구들이 공부할 수가 없잖니."

나는 큰 목소리로 아이에게 말했다. 아이는 나를 향해 말했다.

"선생님 입은 옷이요. 엄마가 비싼 거라고 했는데. 선생님 가난하진 않나 봐요."

난 대답하지 않았다. 하지만 아이의 엄마는 생각이 달랐는지 밤 9시가 넘은 시각 내게 메시지를 보냈다. 완곡한 표현이었지만 본인이 낸 세금이 사치품에 쓰인다는 걸 용납할 수 없다는 투였다. 나는 선물로 받은 셔츠를 서랍장 제일 안쪽 구석으로 밀어 넣었다. 그리고 다시는 입지 않았다.

말을 듣지 않는 아이는 공부를 잘했다. 의대 진학이 목표였기에 학교 공부는 이미 범위를 벗어난 지 오래였다. 그 아이에게 학교 수업과 시험은 만만했고 가벼웠다. 그 아이는 교탁 가장 가까운 곳에 앉아 학원 숙제를 했다. 수업 시간에는 학원 숙제를 하지 말라고 하자 아이는 책을 덮고 잠을 자는 척했다. 교과서를 꺼내라는 말에는 귀찮은 표정을 지으며 학교 수업은 이미 다 알고 있어서 그런 건 가지고 다니지 않는다고 답했다. 가끔은 난해한 질문으로 수업을 방해하기도 했다. 그렇다고 나는 그 아이의 질문을 무시할 수도, 대답할 수도 없었다. 나는 아이에게 진도를 벗어난 질문은 교무실에 와서 하라고 답했다. 그러면 그 아이는 고개를 좌우로 흔들고 다시 학원 숙제를 했다. 그럴 때마다 다른 아이들은 수군대며 나와 그 아이를 번갈아 쳐다보았다.

그 아이를 강제할 수 없었다. 교탁을 두드리는 것조차 아동학대로 신고당할 수 있다는 옆 반 교사의 말을 들은 후에는 목소리까지 줄여버렸다. 맨 뒷줄의 아이들이 선생님의 목소리가 잘 들리지 않는다고 말할 때만 나는 애써 웃으며 소리를 높여 말했다. 그럴 때마다 맨 앞줄의 아이는 책상에 연필을 내려치며 고개를 돌려 뒷줄의 아이들을 노려본 뒤, 선생님 목소리 때문에 집중이 되지 않는다고 말했다. 그리고 자신이 직접 교육청에 아동학대로 신고할 수도 있는데 특별히 봐주겠다고 했다. 나는 팔짱을 끼고 그 아이를 봤다. 얘는 왜 이렇게 됐을까 하는 생각과 함께, 체벌하고 싶다는 욕구가 차올랐다. 내 손으로 아이의 양쪽 뺨을 힘껏 갈기고 싶어졌다. 어릴 때 내 담임이 내게 했던 그 이상, 몇 배의 폭력으로 돌려주고 싶었다. 하지만 나는 그래서는 안 됐다. 무엇보다 내가 사랑하는 다른 아이들을 실망시키고 싶지 않았다. 나는 선생보다 스승이 되고 싶었기에 그럴 수 없었다. 팔짱을 풀고 다시 진도를 나갔다. 오늘의 마지막 수업 종료종이 울렸다.

교무실로 돌아가 내 자리에 앉았다. 잠시 후 교무실 문이 열리고 교감 선생님이 내 자리로 왔다. 그는 내 공개수업에 변동 사항이 있다고 말했다. 교장 선생님의 지시로 특별히 나는 학부모 참관 수업으로 변경하겠다는 것이었다. 교과목도 사회, 도덕에서 수학으로 바뀌었다. 교감 선생님은 내게 교장에게 잘못한 것이 있냐고 물은 뒤 힘내라고 말했다. 나는 말없이 미소만 지었다. 컴퓨터를 켰다. 쌓여있는 공문과 각종 상담 그리고 쓰다 만 보고서를 끝내야 했다. 멍하니 하얀 화면 위에서 깜빡거리는 커서를 응시했다. 공백에 아무 글자나 썼다 지우기를 반복했다. 그러다 나도 모르게 스페이스바를 짜증스럽게 쳐댔다. 옆자리 선생님이 안 좋은 일 있냐고 물었다. 나는 그 질문에 아니에요, 키보드가 조금 이상해서요라고 아무렇지 않게 대답했다. 일이 되지 않았다. 빨리 집으로 돌아가 쉬고 싶었다. 하지만 퇴근 시간은 아직도 두 시간 가까이 남았다.

나는 몇 주에 걸쳐 공개수업을 준비했다. 다른 선생님들에게서 수업 내용, 옷차림, 말투, 행동까지도 도움을 받았다. 수업 목표는 아이들에게 단순한 개념을 알려주는 것이었다.

몇 명의 아이들이 질문하기로 약속했고 다른 아이들도 동의했다. 그들은 나를 믿고 따랐다. 수업 당일 참관 신청한 학부모들 그리고 특별히 교장 선생이 참관했다. 수업은 즐거운 놀이처럼 흘러갔다. 학부모들은 나에게는 관심이 없었다. 그저 자신의 아이들을 흐뭇하게 지켜보고만 있을 뿐이었다. 단 한 명의 학생과 학부모만 제외하면 말이다.

"선생님 질문 있어요. x가 1일 때 x-1/x-1=1이 틀렸다는데 왜 그런지 설명해 주세요."

나는 아이의 질문에 당황했다. 평소와 다를 바 없는 상황이었지만, 누군가에게 평가받는다는 그 압박이 나를 짓눌렀기에 쉽사리 평정을 잃었다. 나는 방황하는 눈으로 아이들과 교실 뒤의 학부모들을 번갈아 봤다. 그리고 교장과 눈이 마주쳤다. 그는 나를 보며 미간을 찌푸렸다. 짧은 시간이 길게 흘렀다. 목소리를 가다듬고 선생님이 잘못 들어서 그러는데 뭐라고 했니, 다시 말해달라고 물었다. 아이는 아주 천천히 같은 질문을 했다. 나는 평소처럼 우리가 배우는 것보다 훨씬 어려운 문제니 교무실로 찾아오면 설명해 주겠다고 말했다.

"모르나 보네. 됐어요."

아이는 이렇게 말하고 팔짱을 낀 채 미동도 하지 않았다.

아이들마저 웅성거리기 시작했다. 다시 한번 내 시야에 교장과 그 아이의 엄마가 속삭이는 모습이 들어왔다. 그들의 작은 대화가 끝이 나자마자 교장은 자리에서 일어나 교실 밖으로 나갔다. 뒤이어 그 엄마마저 교실에서 나갔다. 남아있는 사람들의 목소리가 공명했다. 귀가 울렸다. 이내 내 시야는 좁아지더니 흐려졌다. 배가 아팠다. 기다렸다는 듯이 스피커에서 수업 종료종이 흘러나왔다. 나는 교실에서 도망치듯 뛰어나와 교직원 화장실로 달려갔다. 치마를 내리고 변기에 앉았다. 하얀 변기 안으로 검붉은 피가 쏟아져 나왔다. 그리고 바닥으로 쓰러졌다.

불안한 꿈이 나를 엄습했다. 불타버린 학교를 배회했다. 교실은 온통 까맣게 그을려 있었다. 교실은 고등학생처럼 보이는 학생들로 가득했다. 그들은 자리에 앉은 채 칠판 앞에 서있는 선생을 바라보았다. 초등학교 시절의 내 담임이 교탁 위에 성인 팔만 한 플라타너스 가지를 올려놓고 과도로 다듬고 있었다. 그는 복도의 나를 향해 미소를 보였다. 어느새 그의 손길을 탄 나무는 보기 좋은 모습을 갖추었다. 그는 타자처럼 배트를 휘둘렀다. 만족한 표정이었다. 그는 몽둥이로 한 학생을 가리켰다. 넌 커서 뭐가 되고 싶은지 묻는 질문에 그 학생은 국회의원이라고 말했다. 그러자 선생은 그건 나대는 인간들이나 하는 거라고 지껄였고 학생은 고개를 숙였다. 그리고 담임은 환하게 웃으며 고개 숙인 학생을 향해 몇 대 맞을 거냐고 물었다.

팔이 따끔거렸다. 나는 양호실 침대 위에 누워있었다. 자리에서 일어나려는 나를 양호 선생이 만류했다. 그녀는 내가 꿈으로 도피한 시간 동안 일어났던 일들을 설명해 주었다. 침대에 누워 하얀 천장 한 지점을 응시했다. 자꾸만 쥐 생각이 들었다. 쥐는 천장에서 자기가 만들어놓은 똥 밭을 가로질러 뛰어다녔다. 쥐의 몽유병은 밤새 나를 방해했다. 고양이는 쥐도 잡지 않고 숨어버린 건가. 아! 고양이는 개가 죽여버렸지. 쥐의 발톱이 내 팔을 긁어댔다. 나는 침대에서 일어나 링거 주사를 잡아 뺐다. 쥐가 긁었던 곳에서 피가 흘러내렸다. 교무실로 돌아갔다.

교장이 나를 찾는다고 했다. 나는 교감 선생님과 함께 교장실로 향했다. 교장은 소파에 앉아 나를 쳐다봤다. 나와 교감 선생님은 교장 앞에 놓인 소파의 왼쪽과 오른쪽 한 자리씩 앉았다. 교장이 말을 시작했다. 그의 입에서 시궁창 냄새가 났다. 그는 내게 무능하고 태도는 너무나도 불량해서 학부모가 마음에 들어 하지 않는다고 말했다. 불량하다, 불량하다, 불량하다라. 초등학교 시절 담임이 나를 구타하기 전하던 말이었다. 나는 선생님 말도, 부모님 말도 잘 듣는 학생이었고 성적도 좋았는데 담임이 나를 지칭했던 단어는 오직 불량했다는 그 말뿐이었다. 나는 교장에게 죄송하다고 말했다. 교장은 내게 그 엄마가 했던 말을 전했다. 자기 남편, 그러니까 변호사인 아이의 아빠가 화가 많이 났다고 했다. 나는 교장실을 나서자마자 짐을 챙겨 퇴근했다.

퇴근하는 동안에도 그 아이의 엄마는 끊임없이 내게 메시지를 보냈다. 의대 준비반인 자신의 아이에게 나처럼 자질이 부족한 선생은 불필요하다는 것이었다. 그녀는 기껏해야 중학교 수준밖에 안 되는 수학 문제를 대학씩이나 나온 내가 풀지 못한다는 것이 가당키나 하냐고 말했다. 나는 아이의 질문이 교과과정을 한참 벗어났고 다른 아이들에게 위화감을 줄 수 있다고 답했다. 그리고 메시지를 보냈다.

"이제야 말씀드리지만 0으로는 나눠질 수 없다는 것 정도는 어머님도 아시잖아요? 너무 쉬운 문제기도 했어요."

아이의 엄마는 내게 거들먹거리지 말라고 했다. 그러면서 학원 선생님만큼만 하라고 연거푸 문자를 보냈다. 그 메시지에 나의 모난 마음이 매섭게 날아갔다. 아이의 엄마는 나보다 더 날 서있는 말로 답장했고, 나는 또다시 거친 칼날을 던졌다. 그 대답을 마지막으로 그녀는 내게 메시지를 보내지 않았다. 한동안 학교에서도 특별한 일이 생기지 않았다. 하지만 나는 그 아이의 엄마가 어떻게든 나를 옭아맬 구실을 찾고 있다는 느낌을 떨쳐낼 수 없었다.

 어느 날부터 그 아이는 학교에 나오지 않았다. 나는 아이의 엄마에게 전화하고 문자도 보냈지만, 답이 없었다. 그리고 며칠 뒤 교무실로 등기 우편이 도착했다. 나를 피의자로 하는 소송장이었다. 서류에는 아동학대범죄의 처벌 등에 관한 특례법 위반이라고 기재되어 있었고, 진단서에는 아이가 외상 후 스트레스 장애로 치료를 요한다고 적혀있었다. 서류는 진실을 감춘 채 사실만을 보여주었다. 내가 아이에게 취했던 교사로서 해야 할 일련의 교육 모두가 학대의 근거로 쓰였다. 나는 그 아이를 방임해야만, 다른 아이들까지 피해를 받고 있음이 명백해도 정서적으로 취약한 그 아이만은 그대로 놔두어야 했다. 내가 소송당했다는 사실이 그 아이의 엄마를 통해 교장에게 전달되었다. 교장은 내게 화를 내며 나를 즉시 담임에서 배제하겠다고 말했다. 나는 교장에게 나뿐만 아니라 다른 선생님들을 위해서 최소한의 중재라도 해주어야 하는 거 아니냐고 반문하며 교권 침해 위원회를 열어달라고 했다. 교장은 이런 상황은 교사 자질이 부족한 내 탓이니 알아서 해결하라고 했다. 다음에는 순수한 피해자가 되는 편이 나을 거라고 충고했다. 교장은 교장실을 나가는 내 등에 대고 학교에서 벌어지는 모든 일은 함구하라고 말했다. 나는 계단을 걸어 내려왔다.

학교는 나를 지켜주지 않았다. 조금의 그림자도 남겨주지 않고 나를 운동장 한가운데 덩그러니 던져두었다. 나는 우두커니 뙤약볕 아래 서있었다. 내가 학생이었을 때도, 선생일 때도 달라진 건 없었다. 학교의 일은 고스란히 내 몫이었고 스스로 감내해야 했다. 밤이 되어서도 사라지지 않는 열기가 휘감았다. 나는 어쩔 수 없이 변호사를 선임해 대응해야 했다. 결과는 기소유예였다. 재판까지 가지는 않았지만, 결국 나는 아동학대를 저지른 교사가 되었다. 교육청에서는 내게 감봉 6개월이라는 징계를 내렸다. 그리고 나는 뉴스에서 아동학대를 저지른 무기명 교사가 되어있었다. 아이의 부모는 치료비에 대한 민사소송을 청구했다. 쉬고 싶었다. 휴직을 신청했다.

격리된 나를 유일하게 찾아온 꿈은 듣고 싶지 않은 이야기를 내게 말했다. 내가 잊고 싶었던 것들이 뒤죽박죽 섞인 채 반복되었다. 개 한 마리가 동네를 돌아다녔다. 빨간색 목

줄이 있는 걸로 봐서는 주인 있는 개라는 것은 확실했다. 줄을 끊고 나온 건지, 주인이 풀어놓은 건지는 알 수 없었다. 정처 없이 배회하던 개는 사람을 보면 꼬리를 말아 배에 바짝 붙이고 앞도 옆도 아닌 발걸음을 치며 도망쳤다. 그 개는 가끔 자동차가 다가오면 눈을 커다랗게 뜨고 길이 아닌 곳으로 뛰어넘어 갔다. 개는 끝없이 움직였다. 그러다 개는 사람이 살지 않는, 길고양이 몇 마리가 사는 작은 마을에 도착했다. 사람을 피해 도주하던 개는 그곳에 도착해 숨어있던 작은 새끼 고양이를 물어뜯었다. 고양이의 목을 물고 세차게 흔들어 아주 작은 호흡만 가능하게 만들어놓은 뒤 바닥에 내동댕이쳤다. 개는 유약한 고양이를 바라보며 혀를 내민 채 활짝 웃었다. 그리고 다시 마을을 떠났다. 나중에 나는 우연히 그 개를 만났다. 옷을 입은 그 개는 두 발로 서서 사람 행세를 하고 있었다.

 눈을 뜨자 침대에 누워있는 내 뺨 위로 눈물이 흘러내렸다. 아무리 되돌려 생각해봐도 예전이나 지금이나 맞았던 기억밖에 없는데, 나는 왜 가해자처럼 잘못을 빌며 살아야만 하는지 답답했다. 담임이 내게 오해 살 짓 하지 말라고 했었는데 아무것도 하지 말았어야 했나, 하필이면 왜! 선생이 되고 싶어서 스스로 고통 속에 가두었는지 내 선택이 원망스러울 지경이었다. 나는 아이들의 등대가 되고 싶었다. 그런 나에게 어른들은 쓸데없는 짓이라며 힐난했고, 곧 있으면 제풀에 지칠 거라고 장담했다. 가끔 그들의 바람대로 내 신념에 금이 가기도 했다. 하지만 아이들이 가진 그 순수한 힘으로 겨우 버텨낼 수 있었다. 그러나 내게 미치는 압력은 시간에 비례하여 거세졌고 주기는 짧아졌다. 그로 인해 내 다짐은 으스러졌고, 꿈도 목표도 부정당했다. 잊었다고 견뎌내고 마침내 벗어났다고 생각했던 추악한 추억이 나를 찾아와 일상이 되었다. 어른들의 장담이 옳았다. 선생질은 정말 쓸데없는 짓이었다.

교감 선생님께 전화를 걸었다. 아이의 엄마에게 사과하고 싶은데 내 연락은 받지 않으니 만날 수 있게 해달라고 부탁했다. 교감 선생님은 알겠다고 말한 뒤 몸은 괜찮은지 물었다. 잘 모르겠다는 나의 대답에 선생님은 한숨을 쉬었다. 그러고는 연락을 취해보겠다고 하고 전화를 끊었다. 며칠 지나지 않아 교감 선생님에게서 회신이 왔다. 시간과 장소가 적힌 문자였다. 교감 선생님도 동석하려 했으나 아이의 엄마가 거절했다고 했다. 나는 신경 써줘서 고맙다고 답했다. 장소는 아이의 엄마가 사는 집 근처 커피숍이었고, 시간은 내일 오후 1시였다. 저녁이 되었다. 나는 편의점에서 술 몇 병을 사 들고 집으로 돌아왔다. 탁자 앞에 앉아 힘껏 술병의 뚜껑을 비틀어 열었다. 하지만 내가 쥐려 했던 힘, 그 반발의 힘이 강해서인지 뚜껑은 탁자 위에 튀더니 이내 간장 안으로 숨어들었다. 나는 그것이 더럽게 느껴져 남긴 술을 모두 싱크대에 버렸다. 아이의 엄마에게서 문자가 왔다. '내일 1시, 커피숍, 늦지 않도록 주의할 것' 그녀는 항상 저녁과 밤의 경계인 그 시간에만 연락한다. 나는 대꾸하지 않고 문자를 지웠다. 잠이 오지 않았다. 잠이 드나 싶었지만 작은 소음에도 쉽게 깼다. 아침이 왔다.

  아이의 엄마를 만날 준비를 했다. 단정한 옷을 골라 입고 집을 나왔다. 약속 장소에 가까워질수록 손이 주체할 수 없을 정도로 떨렸다. 편의점으로 들어가 물 한 병을 산 뒤 처방받은 진정제를 먹었다. 나는 약속 장소로 가는 내내 호흡 조절을 해야만 했다. 약속보다 이른 시간에 도착했다. 일행이 오면 주문하겠다고 말하고는 빈 구석 자리에 앉았다. 입구 쪽에는 아이의 엄마와 비슷해 보이는 여자 무리가 시끄럽게 떠들고 있었다. 나는 그들의 남편 직업과 수입, 아이들이 다니는 학원의 개수, 취미, 여행하기에 좋은 곳을 알게 되었다. 그사이 오후 1시가 넘었다. 하지만 아이의 엄마는 오지 않았다. 30분 지나도 그녀는 오지 않았다. 전화를 걸었다. 깜빡했다고 했다. 조금만 기다리라고 했다. 그리고 2시가 다 되어서야 그녀는 커피숍에 도착했다. 아이의 엄마는 나를 보며 자신이 커피를 사주겠다고 말했다. 그녀는 차가운 커피 두 잔을 마음대로 주문한 뒤 내 앞에 앉았다.

그녀는 내가 서랍 구석에 밀어 넣어둔 셔츠를 입고 왔다. 나는 가방을 열어 봉투를 꺼내 그녀에게 건넸다. 민사소송 청구액보다 조금 더 많은 돈이었다. 돈을 확인하는 그녀에게 소송을 취하해 달라고 부탁했다. 그리고 그동안 벌어졌던 일에 대해서 용서를 구했고, 앞으로 주의하겠다고 말했다. 그녀는 잘 알아들었으면 됐다고 했다. 아이 아빠가 화가 많이 났으나 자신이 힘들게 만류했으니 걱정하지 말라고 덧붙였다. 자신은 돈 때문에 소송을 한 건 아니라고 했다. 그러면서 자신의 사치스러운 가방에 봉투를 집어넣었다. 아이의 엄마는 내게 커피 맛이 어떠냐고 물었다. 나는 말없이 미소만 지었다.

"복직은 언제 하세요?"

아이의 엄마가 물었다.

"잘 모르겠어요."

내가 답했다.

"얼굴이 많이 상했네. 핼쑥해 보여."

"그래요?"

나는 한 손으로 볼을 문질렀다.

"우리 아이 퇴원하면 잘 부탁해요. 선생님."

아이의 엄마가 웃으며 말했다.

"네. 알겠습니다."

대화는 끝났다. 아이의 엄마는 약속이 있어서 가야겠다고 말했다. 그녀는 자리에서 일어나 앉아있는 나를 내려다보며 악수를 권했다. 나는 엉거주춤한 자세로 그녀의 손을 잡았다. 그녀는 다음에 또 보자고 한 뒤 커피숍을 떠났다.

집으로 돌아가기 위해 버스를 탔다. 나는 빈자리 아무 곳이나 앉았다. 버스는 정거장을 지나치다 어느 정류소에서 멈추었다. 남자 한 명이 버스에 올랐다. 남자는 버스비를 내지 않고 운전석 바로 뒷자리에 앉았다. 버스 기사가 요금을 내라고 했다. 승객은 자신은 노인이라 무임승차가 가능하다고 했다. 그러자 버스 기사는 카드를 보여달라고 했다. 승객은 깜빡하고 집에 놓고 왔다고 했다. 기사는 그러면 돈을 내야 한다고 말했다. 기사의 말에 승객은 욕을 지껄이기 시작하다 자신의 분을 못 이겨 자리에서 일어나 손에 든 우산으로 기사를 위협했다. 버스는 출발하지 못했다. 다른 승객들이 무임승차한 남자를 비난했지만, 그는 아랑곳하지 않았다. 기사는 진정하라고 한 뒤 다음부터는 꼭 카드를 들고 다니라고 했다. 우산을 든 남자가 다시 자리에 앉았다. 그는 알 수 없는 말을 중얼거렸다. 버스가 정류소를 떠났다. 나는 버스 유리창에 머리를 기댄 채 눈을 감았다.

집으로 돌아와 불을 켜지 않은 방에 서서 쥐고 있던 조그만 가방을 떨어뜨렸다. 그렇게 주변의 모든 것들을 내버려두었다. 밖에서 스며드는 옅은 빛으로나마 윤곽을 훑어볼 수 있었지만, 그것마저 힘겨웠다. 나는 침대로 곁으로 다가가 바닥에 주저앉았다. 그리고 무거운 다리를 가슴 가까이 끌어안았다. 어둠에 둘러싸인 나는 고개를 파묻은 채 발끝만 바라보며 긴 밤이 지나가기를 기다렸다. 열어 두었던 창문 틈으로 바람이 숨어들어 커튼을 흔들었다. 나는 고개를 들어 그곳을 바라봤다. 희미한 빛이 책상을 비추고 있었다. 나는 천천히 자리에서 일어나 책상으로 향했다. 책상 위의 작은 액자를 들었다. 환하게 웃고 있는 대학 졸업식에서의 내가 보였다. 가슴이 두근거렸고 두 어깨와 양손이 떨리고 있음을 느꼈다. 나는 한참 동안 나를 바라보다 책상 위에 던지듯 떨어뜨렸다. 한 손으로 액자를 쥔 채 뺨 위에 흐르는 눈물을 닦았다. 내 등을 토닥였던 누군가의 손길처럼 눈물이 액자를 두드리기도 했다. 나는 손가락으로 액자 위의 눈물을 닦아내려 했지만, 유리는 손을 댈수록 더러워졌다. 소매를 잡아당겨 유리를 닦았다. 그사이 감정은 차츰 잦아들었다. 고개를 돌려 창에 비친 나를 바라봤다. 빨간 두 눈, 코끝과 볼 그리고 굳게 깨문 아랫입술과 턱은 여전히 떨리고 있었다. 슬픔을 머금은 긴 숨을 내쉬었다. 그러고는 쥐고 있던 액자를 힘껏 안은 뒤 사치스러운 옷이 담겨있던 서랍 속으로 밀어 넣었다. 나는 나와 작별했다.

2

죽음을 맞이한 방

응접실에 앉아있던 M은 자신의 죽음이 타살로 보일 방법을 찾고 있었다. 벽난로로 뛰어들까 고민했다. 벽난로는 집을 데우기에는 충분했으나 건장한 남자가 들어가기엔 비좁았다. 살아있는 자가 죽은 M의 모습을 본다면 타살로 볼 여지는 없었다. 2층 계단에서 뛰어내릴까도 생각해 봤다. 하지만 그것 역시 죽지 않을 가능성이 있었다. 죽음이 명백해 보이지 않았다. 죽지 못했을 때의 상황이 눈앞에 그려지자 그것마저도 포기했다. 자살로 보이고 싶지 않았다. 그것은 가족의 파멸이었고, 현실적으로 아들에게 조금의 보험금도 줄 수 없었다. 그에게는 죽음의 값이 필요했다. M의 죽음은 말 그대로 완벽한 타살이어야 했다.

M은 집을 둘러봤다. 크리스털로 만든 의자, 대리석 테이블, 커다란 주방, 그 위에는 성당에서나 볼 법한 유리창이 호화롭게 그를 둘러싸고 있었다. 하지만 빈집에는 죽음이 부유했다. 의자는 삐걱거렸고 테이블 모퉁이는 쉽게 부서졌으며 뒤뜰로 통하는 작은 문과 유리창에는 금이 가 있었다. M은 벽난로 위 사슴 머리를 뚫어져라 쳐다봤다. 여전히 그는 죽음의 방식을 결정할 수는 없었다. 조금 더 시간을 갖기로 했다.

자리에서 일어나 외투를 걸쳐 입고 건물 밖으로 나왔다. 안개 낀 아침이었다. 그가 외출하지 않는 기간 동안 오래된 집은 시들었다. 마당의 분수에는 이끼가 가득 꼈고, 정원은 잡초가 비집고 들어왔다. 밖으로 통하는 유일한 돌길마저 침범당해 아름다움을 상실했다. 남자는 고개를 들어 정문 너머를 응시했다. 짙은 안개에 하얀 태양은 아무런 빛도 내지 못했다. M은 주변을 살피며 버려진 길을 따라 정문 앞에 섰다. 그가 철문을 밀어내자 쇳소리가 숲을 울렸다. 그 소리가 M에게 메아리쳐 돌아왔을 때 M은 막 집을 벗어나고 있었다. 그곳에서는 넝쿨로 뒤덮인 담벼락과 희미했던 나무의 형체가 순서대로 나타났다 사라졌다.

갑갑한 안개 속에서의 산책은 순찰에 가까웠다. M은 자신이 지내고 있는 곳이 빈집임을 확인하기 위해 오랫동안 지루한 잠복을 했다. 하지만 정작 집을 둘러싼 숲과 주변에 대한 탐색은 전혀 이루어지지 않았다. M은 어느 때보다도 면밀하게 기억하려 애썼다. 길의 폭과 방향, 마을까지의 거리, 나무의 높이와 숫자 그리고 강의 수심과 속도를 측정했다. 이 모든 것이 그가 죽은 채 발견되었을 때의 상황을 그려보기 위함이었다. 조급했고 성급했던 그의 행동은 고요한 숲을 깨웠다. 하지만 숲은 쉽사리 침묵으로 되돌아갔다. 남자의 탐색은 진흙탕 길 앞에서 중단되었다. 그는 망설이다 이내 결심의 발을 뻗었다. 기묘한 발걸음이었는지 그에겐 질퍽거리는 소리도 더러운 흙도 없었다. 그렇다고 그가 순결한 것은 아니었다.

하얀 태양은 남쪽으로 이동해 얼마만큼의 시간이 흘렀는지 알려주었다. 그사이 M은 계측을 마쳤다. 이제 그는 돌아가야 했다. 그러기 위해서는 그 존재를 등한시했던 커다란 숲을 거슬러가야만 했다. 그제야 M의 눈에 숲이 들어왔다. 그가 지나왔던 길은 흙탕물 범벅이었고, 습기를 머금은 나뭇잎으로 뒤덮여 있었다. 그곳에 그의 흔적은 남아있지 않았다. 그는 오래된 집으로 조금이라도 빨리 되돌아가고 싶었다. 물먹은 나뭇가지가 그의 신발에 짓눌려 부러졌고, 발

길질에 날아간 돌멩이가 흙탕물 아래로 가라앉았다. 조급한 남자가 발을 헛디뎠다. 그의 온몸이 더러운 진흙을 뒤집어썼다. 발버둥 칠수록 두려움은 그를 더디게 만들었다. 그의 거친 숨소리만이 짙은 안개 틈으로 비집고 나갔다.

생명의 소리가 사라지고 자신만이 적막에 균열을 내고 있던 M은 자신에게 박차를 가해 커다란 숲으로부터 달아나려 애썼다. 그는 며칠을 쉬지 않고 달린 말처럼 헐떡였다. 그러나 M은 속도를 늦출 수 없었다. 무엇으로부터 도피하려는지 자신도 알지 못한 채 짧은 시야에 의존해 앞으로 달려 나갔다. 그사이 몸은 상처와 오물로 더럽혀졌다. 두 눈에서 흐르는 눈물로 그에게 밀어닥친 두려움의 크기가 어느 정도였는지 추측할 뿐이었다. 나무의 도열이 끝난 지점, 그의 빈집이 나타났다. 거칠게 숨을 쉬던 M은 까만 철문을 밀쳐낸 뒤 저택의 경계로 들어섰다. M은 그제야 속도를 늦추고 호흡을 가다듬었다. M은 떠날 때보다 몇 배의 시간을 소비해 숲을 벗어날 수 있었다. M은 집 안으로 숨어들었다. 그와 동시에 하루 종일 그를 따라다니던 한 뼘 위의 까마귀는 집 뒤편으로 사라졌다. 숲은 다시 고요해졌다.

빈집은 누구도 드나들지 않았다. 오직 M만이 고립되어 있었다. 저택의 벽은 밖의 소리를 걸러내어 일부를 M에게 날라주었다. 그러나 벽난로 앞에서 웅크린 채 고심하는 M에게 그 노크는 무의미한 소음이었다. 그렇다고 빈집 가까이 찾아와 두꺼운 벽을 두드리는 사려 깊은 이방인이 있었던 것도 아니었다. 밖의 사람들은 빈집을 신경 쓰지 않았다. M은 자신이 머무르고 있는 공간에 작은 불을 지펴놓았지만, 정작 그 불빛의 소멸엔 무심했다. 죽음에 몰두한 남자는 자신이 죽음 직전에 믿고 있었을 뿐이었다.

  주방 구석의 통조림 하나를 집어 들었다. 남은 음식이 많지 않았다. M은 시간이 얼마나 지났을까 그리고 자신에게 얼마나 많은 시간이 남았을까 궁금했다. M은 벽난로 앞에 앉아 통조림을 열고 포크로 천천히 음식을 퍼 올렸다. 막막했다. 죽을 방법이 떠오르지 않았다. 자신했지만 아무것도 결정하지 못했다. 시간을 벌기 위한 음식이 죽음을 밀어내고 있었다. 짧은 식사를 마치자 우습게도 화장실에 가고 싶었다. 그는 죽음에 붙잡힌 동시에 생명의 몸부림을 지속했다. 그가 빈집 아무 곳에나 자신의 배변을 흩트려 놓아도 지탄할 사람은 없었다. 그는 여전히 교양인으로서의 체면을 지키려고 애썼다. 굳게 닫힌 입을 스스로 열지 않는 한 아무도 모를, 너무나도 개인적인 행위를 치욕이라고 여겼다. M

은 구부린 몸을 곧게 폈다. 그리고 자리에서 일어나 힘없이 화장실로 들어갔다.

M은 볼일을 마친 뒤 변기 물을 내렸다. 하지만 물 채우는 소리가 들리지 않았다. M은 고개를 떨구었다. 변기에서 일어나 옷을 입고 손을 닦기 위해 세면대 앞에 섰다. M이 수도꼭지를 틀자 파이프를 통해 물탱크의 트림 소리가 길게 울리다 멈추었다. M은 이 집 어딘가에 있었던 물을 완벽하게 소진시켰다. 그건 스스로 유배인이 되길 자처했음에도 지속하길 원했던 문명인의 삶이 이제는 불가능하다는 신호였다. 뿐만 아니라 그것은 혐오스러운 자신의 배변과 함께 남은 시간을 소비해야 하는 강요이자, 누구보다도 불결한 악취를 뿜어내는 망자가 될 것이라는 예고였다. M은 하루라도 빨리 죽음을 결정해야 했다.

우울을 삼키니 불안이 튀어 나왔다. M은 고개를 숙인 채 포효했다. 그것은 혼자 남은 아들에 대한 미안함도 죽은 아내와 딸에 대한 슬픔도 아니었다. 죽음에 감금당한 자신을 향한 자책이었다. 불결한 남자는 화장실에서 나와 2층의 계단으로 올라갔다. 피로했다. 잠을 자야 했다. 벽난로의 불이 사그라들고 있었다. 장작을 채워 다시 불을 살려야 했지만 M은 하지 않았다. 계단의 난간을 잡고 팔로 걸음을 이끌었다. 2층에 도착한 남자는 높지 않은 문턱을 넘은 뒤 자신의 방문을 닫았다. 결국 1층 벽난로 안의 희미한 불은 남아 있던 불꽃마저 잠재우고 하얀 연기를 내뿜기 시작했다.

낡은 침대 안에서 M은 눈물을 흘렸다. 생명의 유혹을 뿌리치지 못한 짐승의 본능이 소름끼쳤다. 애초부터 죽음을 핑계로 현실로부터 도피한 자신에게 환멸을 느끼고 있었다. 밖에서 창을 두드리는 소리가 났다. 그것은 긁어대는 소리로 바뀌기도 했다. 빈집에서는 고요한 시간이었지만 오늘만큼은 어느 것도 M을 내버려두지 않았다. M은 이불을 덮은 채 창밖을 봤다. 달을 가둔 창틀 안으로 나무 그림자가 흔들렸다. 조각난 구름 사이로 떠있는 달은 안개를 동반한 태양보다 밝았다. 빈집의 차가운 벽 위로 단풍나무 그림자가 비쳤다. 흔들리는 잎이 딸의 손으로 보였다. 바람이 거세지자 나뭇잎이 세차게 움직였다. M의 눈에 그 나무 그림자는 아이 옆에 누워 손을 잡고 있던 아내의 부드러운 손으로 되살아났다. M은 덩그러니 침대 위에 누워 죽은 자들을 관망하고 있었다.

M의 머릿속은 온통 가족이 죽었던 시기로 회귀했고 몸은 말라갔다. 침대조차 그의 무게를 느끼지 못할 정도로 야위

었지만 아무 공간으로나 파묻혀 버리고 싶은 생각을 떨칠 수 없었다. 실제로 그는 불안한 감정 속으로 침몰하고 있었다. 나무 바닥이 삐걱거렸다. M은 2층에서 나는 소리로 착각했다. 몇 분 뒤 같은 소리가 반복됐다. 평소 바람이 내던 소리와는 달랐다. 누군가 M의 집으로 들어왔다. M은 도둑을 떠올렸다. 자신이 원하는 도둑의 형상을 상상했다. 한 손엔 커다란 칼을 들고 있고 뒷주머니엔 혹시 모를 사태에 대비할 단검이 있는 도둑이길 바랐다. 키는 자신보다 커야 하고 근육질이어야 했다. 그의 반항을 쉽게 잠재우고 단숨에 자신을 죽일 수 있는 젊은 남자를 눈앞에 조형했다.

 M은 침대 안의 몸보다 더 가벼운 발걸음으로 방에서 나와 아래층을 훔쳐봤다. 하지만 어두운 그곳에서 무엇을 찾기는 불가능했다. 어쩔 수 없이 그는 나름의 경계를 하며 나선형 계단을 타고 아래층으로 내려왔다. 그곳에서도 눈에 띄는 것은 없었다. 몇 번을 반복해 탐색했지만 집은 며칠 전 그대로였다. M은 허기가 가져온 착각일 수도 있다는 생각이 들었다. 희망은 실망으로 변했고 기대가 사라진 얼굴은 싸늘하게 굳었다. 그는 야윈 몸과 어울리지 않는 무거운 머리를 지탱하지 못하고 떨어뜨렸다. 다시 삐걱거리는 소리가 났다. M은 재빠르게 고개를 들어 주위를 살폈다. 굳게 닫아두

었던 육중한 문이 열리며 까만 형체가 집 안으로 들어왔다.

'분명히 잠갔는데 어떻게 들어오는 거지.'

M의 푹 꺼진 두 눈이 커졌다.

'집주인인가. 그러면 난 도둑이 되는 거잖아. 경찰에게 체포되면……. 난 정말 죽을 수 없단 말인가.'

미지의 존재는 M에게 다가가고 있었다. 그 형체는 M이 절망에 도달하는 동안 M 주변을 서성거렸다. M에게 남자의 두 발이 보였다. M은 고개를 들어 남자를 바라봤다. 눈이 마주치자 남자는 M을 향해 환하게 웃었다. 아름다운 남자이자 성스러운 존재의 발현이었다. 잡티 하나 없는 남자의 깨끗한 얼굴은 달빛을 받아 창백했고 머리카락은 황금빛을 내뿜고 있었다. 까만색 정장에 하얀색 셔츠를 입은 그는 도둑일 리 없었다. M은 긴장하고 있으면서도 그의 수려한 외모에 실망하고 압도당하고 말았다.

"누구십니까? 설마 집주인입니까?"

M이 떨리는 목소리로 말했다.

"아니오." 남자가 차분하게 말했다.

"그렇다면 도둑입니까?"

"그럴 리가 있나요."

남자가 M을 호기심어린 눈으로 탐색하며 말했다.

"우스운 질문으로 들릴지 모르겠지만 힘은 셉니까? 제가 달려들었을 때 저를 쉽게 때려눕힐 수 있으면 좋겠는데 가능하겠습니까?"

M이 물었다. 남자는 말없이 웃고만 있었다.

"남는 의자가 있나요? 앉고 싶네요."

남자가 되물었다. M은 손을 들어 빈 의자를 가리켰다. 그 사이 남자는 쓸쓸한 집을 관찰하고 있었다. 그러다 그는 난로 앞에 멈추어 서서 그 위에 놓여있던 액자를 물끄러미 바라보았다. 그러고는 한 손으로 액자를 집어 들어 난로 앞에 쭈그려 앉았다.

"불이 다 꺼져가네요."

남자가 공기를 내뿜었다. 재가 밀려난 자리에 장작의 붉은 빛이 드러났다. 하얀 재는 난로 가장자리를 통해 역류하듯 남자에게 쏟아져 나왔다. 그러나 어떠한 나뭇재 하나도 그에게 달라붙지 못했다. 재는 남자를 탐색하듯 그의 주변을 맴돌다 조용히 바닥으로 내려앉았다.

남자는 들고 있던 M의 가족사진을 불 위에 놓았다. 사진을 삼키자 꺼져가던 불빛이 화염을 뿜어냈다. 남자는 벽난로 옆에 놓여 있던 장작을 불길 속으로 밀어 넣었다. 나무를 삼킨 난로 안의 불꽃은 살아있는 것들을 모조리 삼켜버리기라도 할 듯이 다시 환하게 빛나기 시작했다. 남자가 M에게 손짓했다. M은 자신의 마지막 사진을 불태운 남자에게 분노했다. 그러면서도 자신이 하지 못했던 가족에 대한 미련을 거두어준 남자가 고마웠다. M은 자신의 의자로 걸어가 앉았다. 이름 모를 남자가 M의 의자를 돌렸다. 그들은 마주 앉았다.

"달빛이 환해요. 그쪽 얼굴이 잘 보이네요."

실루엣 안의 남자가 말했다.

"난 그쪽 얼굴이 잘 보이지 않습니다."

M이 답했다.

"전 어디서든 잘 보이지 않아요. 당신은 세심한 사람이니 저를 잘 볼 수 있을 거예요. 저녁은 드셨나요?"

남자의 유려한 형태가 빛을 뚫고 나타났다. M은 고개를 저었다.

"먹을 게 없나요?"

"조금 있습니다. 하지만 먹고 싶지 않습니다."

"집이 너무 더러워요. 청소라도 해야겠어요."

"할 필요 없습니다. 핑계처럼 들리겠지만 물이 없습니다. 단 한 방울도 없습니다."

"강으로 가서 퍼 오면 되잖아요. 강은 가까워요."

M은 대답하지 못했다.

"아무튼 죽을 준비는 다 된 건가요?"

남자의 말에 M은 숨겨놓은 비밀을 들키기나 한 듯 눈이 흔들렸다.

"아직입니다."

M은 다시 고개를 떨어뜨리며 말했다.

"어쩔 수 없죠. 시간이 데려가길 기다리는 편이 빠르겠어요."

이번에도 M은 대답하지 못했다. 그렇다고 남자의 말대로 앉아서 죽음을 기다릴 수도 없었다. M이 아들을 떠난 지 꽤 많은 시간이 지났다. 현재 M은 실종자였다. 그의 계획대로 실행할 수 없다면 더 이상 타살의 모형을 완성시키기는 불가능했다. 그럼에도 M은 남의 죽음처럼 자신의 죽음을 관망하고 있었다.

"가족들은 만난 지 오래됐죠?"

"아들은 오래됐고, 나머지는……, 만날 수 없게 됐습니다. 그런데 누구십니까?"

M이 남자를 보며 말했다.

"그쪽을 죽이러 왔어요."

남자가 환하게 웃었다. 예상치 못한 대답이었다. 이토록 순진한 표정의 사내가 자신의 의도를 알고 있는 살인마일

줄은 몰랐다. M은 남자의 웃음에 응대라도 하듯 그보다 더 밝게 웃어 보였다. M은 자신이 고대하던 완전한 타살이 바로 눈앞에 있다는 것을 믿을 수 없었다. M은 언제, 어떻게 할 거냐고 물었다.

"당신이 선택하면 돼요. 어떻게 죽을지 생각해 보세요. 일단 오늘은 편안하게 주무세요."

남자가 말했다.

M은 기뻤다. 어떻게 죽을까. 목을 졸라 달라고 할까, 목을 베어 달라고 할까 아니면 칼로 찔러달라고 할까. M은 계단을 오르며 희극을 품은 비극을 생각했다. M은 침대에 누워 천장을 바라봤다. 좁은 침대를 죽음의 통로로 사용하고 싶었다. 묵직했던 이불이 홑씨처럼 가벼웠다. M은 오랜만에 잠을 잘 수 있을 거라 기대했다. 침대 안의 남자가 죽음을 준비한 사이 불결한 방은 어느새 깨끗하게 정돈되었다. 다음 날 M은 개운한 몸으로 1층 화장실로 향했다. 더러운 거울 앞에 선 M은 자신의 옷과 머리를 매만졌다. 감출 수 없는 미소에 누런 이가 드러났다. M은 마지막으로 보는 자신의 모습을 기억하고 싶었다. 하지만 거울은 그를 또렷하게 보여주지 않았다. 불투명한 거울로 작은 실루엣이 포착됐다. M이 고개를 돌렸다. 남자는 어제처럼 실내를 둘러보고는 자

신의 의자에 앉았다. M은 화장실을 나와 그의 맞은편에 자리 잡았다.

"어제 많이 생각해봤습니다. 2층 침대에서 베개로 날 눌러주십시오. 아내가 내 딸을 죽였던 방법입니다. 나도 그렇게 죽고 싶습니다."

M이 말했다.

"당신은 아내처럼 자살해야죠."

남자가 시큰둥하게 말했다. M은 깜짝 놀랐다.

"안 됩니다. 난 자살하면 안 됩니다. 반드시 타살이어야 합니다. 어제는 분명히 날 죽이러 왔다고 하지 않았습니까?"

M이 소리쳤다.

"진정하세요. 어떻게 죽을지 생각하라고 했잖아요. 아! 내가 그 말을 안 했군요. 미안해요. 당신이 직접 하셔야 해요. 나는 당신이 스스로 죽음에 도달해야만 비로소 완성될 수 있어요. 나는 당신을 조금이라도 빨리 침몰시키려고 온 것뿐이에요. 당신이 서둘러 죽어줬으면 좋겠어요."

남자는 잠시 말을 멈추었다.

"어떻게 죽는 게 좋을까."

남자는 턱을 괴고 고심했다. 죽을 방법이 쉽게 떠오르지 않는 눈치였다.

"2층에서 뛰어내릴 수도 있고, 여기 이 난로에 처박혀 죽을 수도 있어요. 흠. 또 뭐가 있을까. 칼로 손목을 그어도 되겠어요. 차라리 밖으로 나가 강에 빠져 죽는 건 어때요?"

남자는 끔찍한 말을 너무나 천진난만하게 떠들어댔다. 남자의 말에 M은 의자를 박차고 일어나 괴성을 질렀다. M의 반응에 남자는 이해할 수 없다는 표정을 지었다. M은 죽을 기회도 방법도 시간도 많았지만 오랫동안 아무 것도 하지 않았다. 언제라도, 남자가 말한 방법들로 죽을 수가 있었다. 죽음에 대한 해석에 따라 타살로 환전할 수 있는 여지는 충분했다. 하지만 M은 죽는 것이 두려웠다. 자신과 가족의 죽음을 한 발짝 떨어져 바라보기만 했다. M은 가족의 죽음을 슬퍼한 동시에 그가 마주해야 할 죽음 앞에서 망설였다. 그래야만 고통스러운 그의 현실과 일상으로부터 도피할 수 있기 때문이었다. 그는 그럴싸한 감정의 포장으로 아들을 외면하고 빈집에 숨어들었다. 그러면서 추악하게 죽음과 거래했다.

침묵으로 M의 분노는 사그라졌다. 앉으라는 남자의 말에 M은 다시 그를 마주 보고 앉았다. 남자는 무표정했다.

"본인에게 진실한가요? 당신을 보니 낮이 밤을 따를 지경이에요. 당신은 순수하지 못해요."

"난 왕의 아들이 아닙니다."

"그러면서 이렇게나 큰 집에 혼자 사는 거예요?"

"내 집이 아닙니다."

"아무도 돌보지 않는 곳에 숨어서 당신 집처럼 굴고 있잖아요?"

"임시로 머무는 곳입니다. 잠시 당신에게 기대했지만, 이제 곧 결판이 날 겁니다. 그러면 당신도 나의 용기를 알게 될 겁니다."

M은 자신이 뱉은 말에 놀랐다. 그는 자신의 죽음이 원치 않는 방향으로 흘러가고 있음을 느꼈다.

"당신 때문에 이 집도 남아있던 생기를 잃었어요. 정말이지 당신은 죽음마저 소유물인 것처럼 오만하게 행동하네요."

아름다운 남자의 말에 M은 분노를 느꼈다. 또 한 번 그들은 침묵했다. 창밖에서 한 번도 들어보지 못한 새의 비명 소리가 들렸다. 남자와 M은 소리가 나는 방향으로 시선을 돌렸다. 커다란 창 사이로 새의 형체가 몇 차례 나타났다가 사라지길 반복했다. 얼마 후 유리창의 파편이 굉음을 내며 두 남자에게 쏟아졌다. M은 몸을 웅크렸고, 다른 남자는 유리 조각을 받아들였다. 그사이 까마귀의 비행 소리가 집 안을 휘젓고 있었다. 하지만 새는 부유했다. 출구를 찾지 못해 방황했고, 겨우 찾은 깨진 유리창은 빠져나갈 통로로는 모호했다. 결국 새는 몇 번의 나선형 비행 뒤에 커다란 구조물에 부딪혀 추락하고 말았다. 웅크린 M에게 죽음 직전의 새가 보였다. 새는 죽음에서 벗어나기 위해 몸부림쳤다. 사실 M은 자신의 방식대로 새의 죽음을 관망할 수 있었지만, 그는 조금 전 느꼈던 굴욕과 분노를 해소하고 싶었다. M은 자리에서 일어나 새에게 다가갔다. 그러고는 팔을 뻗어 불경한 피조물을 집어 들었다. 새에서 나온 피가 그의 손등을 타고 흘러 내렸다. M은 과시하듯 남자를 바라본 뒤 손안의 까마귀를 난로를 향해 세차게 던졌다. 화염은 순식간에 새의 죽음을 받아들였다. 두 남자에게 화형식의 냄새가 엄습했다.
"좋지 않은 냄새가 나네요."

아름다운 남자가 자리에서 일어나 문을 열고 밖으로 사라졌다. 반면 M은 타오르는 분노를 잠재우지 못하고 피 묻은 손을 떨며 또 다시 혼자 서있었다.

남자가 떠난 뒤에도 M은 벽난로 안에 장작을 보충하지 않았다. 벽난로 안의 불은 미약하게나마 살아있었다. 남자의 말대로 M에게는 시간의 흐름을, 그것과 동행할 죽음을 기다리는 방법 밖에 남지 않았다. 그런 M의 눈에 구석의 통조림이 눈에 띄었다. 그에게 생존의 본능과 죽음에 대한 반항이 거세게 꿈틀거렸다. M은 통조림을 모조리 가져왔다. 뚜껑을 열고 게걸스럽게, 주인에게 버려진 개처럼 퍼먹었다. 입에 묻은 부스러기와 바닥에 떨어진 음식을 모조리 핥아 먹었다. 추접한 식사는 길지 않았다. 아무렇게나 버린 빈 통이 그의 발에 걸리자 며칠 전 화형 시켰던 새를 대하듯 짓이겨 버렸다. M은 술이 마시고 싶었다. 죽음이 충동이 될까 처음부터 꺼렸던 술에 취하고 싶었다. 올바른 선택이라고 믿었던 것들이 이 시점에는 전부 잘못된 결정이 되었다. M은 계단을 통해 2층으로 올라갔다. 본능에 의지한 짐승이 된 그는 목적지에 도착하자마자 문을 닫고 침대에 쓰러지듯 누웠다. 창밖의 단풍잎은 모두 떨어졌다.

  낮부터 어두웠다. M은 낡은 침대에 파묻혀 움직이지 않았다. M은 죽음의 시간을 기다렸다. 그사이 몸은 야위어갔다. 누군가 그를 바라본다면 이미 죽은 사람으로 보일 지경이었다. 반면 정신은 또렷해지고 있었다. 죽은 아내와 딸에 대한 그리움과 슬픔은 점차 희석되었다. 대신 자신처럼 혼자 지낼 아들에 대한 연민이 커졌다. 죽기를 포기하고 살아야 할 이유를 찾아나서야 했는데 이제는 몸이 말을 듣지 않았다. 까만 구름이 그의 집 주변을 뒤덮었다. 비가 내리기 시작했다. 얼마 지나지 않아 지붕의 구멍으로 빗방울이 떨어졌다. 괘종시계의 알람처럼, 주변을 무시하는 일정한 소음이 일었다. M은 몸을 돌려 소리 나는 방향을 응시했다. 그가 누운 침대 옆 바닥으로 물이 스며들었다. 말라비틀어진 마룻바닥은 하늘의 습기를 모조리 흡수할 기세로 빗물을 삼켰다. 하지만 밖에서는 그보다 더 강한 비가 몰아쳤다.

'양동이라도 놓아두어야겠군.'

M은 겨우 몸을 일으켜 낡은 침대의 끝자락에 걸터앉았다. 그의 마른 다리 사이로 물이 흘렀다. M이 침대 프레임에 의지해 자리에서 일어났다. 잠시 숨을 고른 M은 1층으로 내려가기 위해 발을 뗐다. 그러나 M에게는 앙상한 두 다리를 지탱하는 것조차 버거웠다. 양팔은 의지할 곳 없이 어둠을 휘저었고 다리는 상체에 이끌렸다. 그는 절묘한 불균형에 빠졌다. 그의 손끝이 방문에 닿자 M은 걸음을 멈추고 문틀에 몸을 기댔다. 지친 남자가 문에 몸을 맡긴 채 거친 숨을 쉬었다. 다시 편안한 숨을 쉴 수 있게 되자 M은 방에서 빠져나가기 위해 마지막 발자국을 내밀었다. 하지만 그는 낮은 문턱도 넘을 수 없었다. 그의 앙상한 발이 문지방에 걸렸고 가녀린 몸은 뒤뚱거리다 쓰러지고 말았다. 이미 M의 신체는 죽음의 책망을 거둔 지 오래였다.

M은 육체의 고통과 자신의 처지에 눈물을 흘리고 싶었다. 그러나 눈물은 나오지 않았다. 그의 눈물은 가족의 죽음으로 말라버린 지 오래였다. 자신이 눈물을 흘릴 수 있다면 그것은 자신을 살려달라는 신호일 뿐 타인에 대한 애도는 아니었다. 오래전 M은 자신을 고립시켰다. 그것은 타인과의 단절이었고, 자신의 존재에 대한 함구이기도 했다. M은 자신의 슬픔 역시 전가하지 않기로 결정했다. 그렇기에 M은 자신에게 닥친 현재의 상황을 슬퍼할 수 없었다. M은 신만이 자신을 구원할 수 있다고 생각했다. 그러나 M에게 신은 존재하지 않았다. M은 몸을 돌려 차가운 바닥에 등을 대고 누웠다. 유약한 남자는 죽음을 기다리기로 했다. 정체 모를 남자의 말처럼 죽음을 시간에 맡기는 것이 M이 선택한 타살의 방법이 되었다. 자신의 계획을 이행했다는 쓴웃음과 홀로 남겨진 아들에 대한 슬픔이 죽음 앞에 누운 M을 두드렸다. M의 얼굴에 체념의 웃음이 돋아났다. 그사이 집 밖은 비바람이 더욱 거세졌다. 침대 옆으로 떨어지던 물방울은 줄기가 되었다. 밤과 같은 낮에 그는 죽지도 살지도 않았다.

처음에는 바람 소리로 들렸다. 세차게 퍼붓는 비와 바람과 나무의 파편이 M의 안식처를 흔드는 소리로 느꼈다. M은 또렷한 정신으로 1층의 현관에 집중했다. 누군가 그의 집

앞에서 문을 열어달라고 소리치고 있었다. M은 그쪽을 향해 힘껏 답했지만 문밖의 사람은 들을 수 없었다. 창은 부서질 듯 벽을 쳐댔고 거실과 부엌의 탁자 위에 놓인 물건들은 바닥으로 내팽개쳐졌다. 유약한 M이 그 사이를 뚫어낼 수는 없었다. 폭풍우가 몰아치기 시작했다. M과 밖에 있던 사람은 서로를 향해 소리쳤다. 하지만 어느 누구도 상대의 목소리를 들을 수 없었다. 밖의 사람이 집 안으로 들어오기 위해 작은 돌멩이를 집어 들었다. M은 절규했다. M의 목소리에 응답하듯 뒤쪽 정원으로 통하는 작은 문의 유리가 깨졌다. 밖에 있던 사람이 유리 틈으로 팔을 넣은 뒤 문고리를 돌려 얇은 문을 열었다. 그 남자가 보여준 과감한 결심으로 마침내 둘은 오래된 집을 공유할 수 있게 되었다. 옷의 물기를 털어내던 1층의 남자에게 신음소리가 들렸다. 남자는 놀란 듯 두리번거리다 소리의 근원지를 향해 머리를 들었다. 위에서 다시 한번 신음 소리가 들렸다. 1층의 남자는 메고 있던 배낭을 바닥에 던져놓고 빠르게 2층으로 뛰어 올라갔다. 그곳에는 앙상한 M이 누워있었다.

"괜찮으십니까?"

"모르겠소. 나 좀 어떻게 해주시오."

M이 말했다.

모자를 쓴 남자가 M을 부축해 아래층으로 천천히 내려왔다. 남자는 M을 안락의자에 앉힌 뒤 열린 창과 문을 모조리 닫았다. 그리고 지붕 틈으로 새고 있는 물을 담아두기 위해 적당한 크기의 양동이를 찾아 2층에 올려놓았다. 남자의 재빠른 움직임으로 집 안은 고요해졌다. 안락한 집만큼은 아니었지만 그들이 소리치고 있던 조금 전의 상황과 달리 흔들림은 사라졌고 공기는 잔잔해졌다.

"죄송합니다. 아무런 기척이 없어 빈집인 줄 알았습니다."

남자가 모자를 벗으며 말했다.

"괜찮소. 편하게 앉으시오."

M이 말했다.

"예. 감사합니다. 몸은 괜찮으십니까?"

남자의 물음에 M은 안도의 표정을 지었다.

"내가 고맙소. 여긴 어떻게 알고 온 거요?"

M이 물었다.

"등산하러 가는 길이었습니다. 예보보다 비가 빨리 내려서 피할 곳을 찾았는데 마침 불빛이 보여서 이쪽으로 왔습니다."

M은 말없이 눈을 감고 고개를 끄덕였다.

"뭐라도 좀 드셨습니까? 몸이 많이 안 좋아 보입니다." 남자가 물었다. M은 눈을 감은 채 고개를 가로저었다. 남자는 배낭을 열어 보온병을 꺼낸 뒤 자그마한 알루미늄 컵에 수프를 따라 M에게 건넸다. 음식이 M의 코를 자극했다. M은 눈을 뜨고 노란빛의 양분을 바라 봤다. 방금 전만해도 죽음을 겸허히 받아들이겠다던 그의 의지는 음식의 향과 색에 쉽게 부서지고 있었다. M은 남자의 호의를 정중하게 거절했다. 남자는 집밖의 시련으로부터 도피할 수 있도록 이 저택을 제공한 M의 배려에 진심으로 감사하다고 말했다. 그러면서 M의 선의에 보답하고 싶다며 야윈 남자의 거절에도 뻗은 손을 거두지 않았다. 남자의 말에 M은 망설이다 메마른 팔을 들어 온기 가득한 음식을 건네받았다.

M은 코 가까이 음식을 가져와 옥수수의 구수한 향을 맡았다. 아내와 딸이 죽기 전 같이했던 저녁 식사가 떠올랐다. 행복했던 가족의 기억은 몇 년이나 지난 것처럼 아득했다. 아내의 다정한 목소리와 딸의 웃음과 무뚝뚝했지만 자신을 신뢰하던 아들의 얼굴이 떠올랐다. 죽기로 한 자신의 무책임한 결정에 회한이 들었다. 아들이 보고 싶었다. 그리고 살고 싶었다. M의 깊은 눈에서 눈물이 흘렀다. 앞에 앉아있던 남자가 말없이 M의 손을 잡고 위로했다. M이 다소 진정되자 남자는 가방을 열어 준비했던 음식을 M에게 나누어주었

다. 쇠약해진 M은 쉴 새 없이 음식을 먹었다. 난로 앞에 자리 잡은 두 남자는 말없이 조촐한 식사를 했다.

"괜찮으시다면 술 한잔하시겠습니까?" 남자가 물었다. M은 그의 제안에 고개를 끄덕였다. 남자는 자신의 가방에서 절반 정도 남은 보드카 한 병을 꺼냈다. 물로 컵을 헹군 뒤 술을 따라 M에게 주었다. 그들은 추위를 삼킬 듯 단숨에 술잔을 비웠다. 남자가 다시 M의 술잔을 채웠다. 그들은 오래 만난 친구처럼 평범한 이야기를 지속했다. 그들의 대화가 축적될수록 M은 평온해졌다. 죽음의 경계에 서있던 사내가 맞는지 의심스러울 정도였다. 친구와 즐겁게 떠들던 M은 자신의 결심을 거두기로 했다. 돌아가면 아들을 위해 이전보다 더 충성스러운 삶을 살기로 했다. 죽은 가족들에 대한 연민은 아들에 대한 사랑으로 돌려주겠다고 결심했다. M은 오전부터 보이지 않는 다른 친구가 떠올랐다. 하지만 M이 할 수 있는 일은 없었다. 새로운 친구에게 오래된 친구를 찾아달라고 부탁할 수도 없었다. M은 의자에 앉아 오래된 친구를 기다리기로 했다. 그들은 다시 술을 마셨다.

벽난로의 불이 작아졌다. 젊은 남자가 옆에 놓여 있던 나무 몇 개를 난로 안으로 던졌다. 습기를 머금은 나무는 불꽃 대신 하얀 연기를 뱉어냈다. M은 난로 위 선반에 라이터 오

일이 있다고 말했다. M의 말에 젊은 남자가 자리에서 일어나 난로로 다가갔다. 그리고 남자는 팔을 뻗어 선반을 더듬었다. 남자의 손에 차가운 물체가 닿았다. 그는 그 물건을 들어 자신의 눈앞으로 가져왔다. 새어 나온 기름 냄새가 남자의 코를 자극했다. 남자의 손이 미끈거렸다. 난로 앞의 남자는 기분이 불쾌해지기 시작했다. 하지만 내색할 수 없었다. 그는 불부터 소생시켜야 했다. 남자가 기름통을 눌러 나무를 적셨다. 꺼져가던 장작불이 되살아났다. 연기는 난로 안으로 스며들었고 조촐한 연회장에는 온기가 감돌았다. 그 사이 비는 잠잠해졌다.

M이 술에 취했다. 쇠락한 몸으로 독한 술을 버텨내긴 어려웠다. 남자는 비가 그쳤으니 돌아가야겠다고 말했다. M은 떠나려는 등산객에게 조금만 더 자기 곁에 머물러달라고 말하고 싶었다. 하지만 M의 결정이 나기도 전에 이미 방문객은 자신의 가방을 둘러매고 떠날 준비를 마쳤다. 남은 음식과 술은 M에게 선물로 줬다. 남자는 M에게 다시 한번 감사의 인사를 했다. 그리고는 물 냄새로 가득한 숲을 향해 떠났다. M이 무거운 몸을 이끌고 밖으로 나왔을 때 젊은 남자는 이미 빗방울만큼이나 작아져 있었다. 부서진 문 옆에 기대고 있던 M은 손님이 시야에서 사라지자 아쉬운 표정을 지

으며 문을 닫고 돌아와 자신의 의자에 앉았다. 그리고 잠이 들었다.

　M이 다시 눈을 떴을 때, 구름마저 사라진 깨끗한 밤이었다. 아직도 첫 번째 친구는 돌아오지 않았다. M은 허기를 느꼈다. 남은 음식으로 굶주림을 채웠고 친절한 남자가 놓고 간 물로 갈증을 풀었다. 오랜만의 포만감에 살아야겠다는 생각은 더욱 커졌다. 텅 빈 그릇에서 아직 오지 않은 친구에 대한 미안함은 남았지만 자신의 변한 모습을 보여주는 것으로 대신하기로 했다. M은 즐거운 마음과 가벼운 몸으로 술을 마셨다. 이번에도 쉽게 취기가 올랐다. M은 술병을 든 채 2층으로 걸어 올라갔다. M은 몇 시간 전과는 완전히 달라진 육체를 느낄 수 있었다. 음식 때문이었지만 M은 자신의 생각으로 가능한 일이라고 믿었다. M은 아들과 함께 희망차고 새로운 삶을 살겠다고 맹세했다. 자신의 고난은 남겨진 가족을 위한 헌신을 일깨워주었던 고귀한 시간이었으며, 자신은 더 이상 과거의 죽음에 매몰되지 않겠다고 다짐했다. 떠난 가족에 대한 추억과 하나밖에 없는 가족의 미래에 기대겠다고 결심했다. 추웠던 공기는 상쾌했고 소름끼쳤던 달빛은 아름답게 보였다. M이 낡은 침대에 도착했을 때 그의 몸은 통제할 수 없을 정도로 취해있었다.

깨진 문틈으로 바람이 들어왔다. 바람이 거실과 부엌을 지나 창을 흔들었다. 오래된 창이 삐걱거렸다. 바람을 버텨내고 있었지만 그 흐름을 영원히 이겨낼 수는 없었다. 기어코 바람이 창을 뚫어냈다. 연약한 창은 자신을 부술 듯이 벽을 쳐댔다. 그럼에도 M은 술에 취해 그 소리를 들을 수 없었다. 바람이 거세졌다. 탁자 위에 올려두었던 물건들과 벽에 걸려있던 액자가 바닥으로 시끄럽게 떨어졌다. 결국 M은 잠에서 깰 수밖에 없었다. '친구가 돌아온 건가.' M은 침대에 걸터앉았다. 열린 방문 사이로 1층의 환한 빛이 보였다. 그러나 눈을 감은 M이 그 불빛을 알아챌 수는 없었다. M은 갈증을 느꼈다. 손을 더듬어 침대 옆에 놓인 양동이를 찾았다. 그의 손끝에 차가운 물통이 닿았다. M은 양동이를 들어 물을 마셨다. 머리는 술에 취해 흔들렸다.

'내일 친구에게 작별 인사를 하고 아들에게 가야겠어.'

M이 침대에서 일어나 문을 향해 발을 뗐다. 그는 두 눈을 감은 채 감에 의존해 걸었다. 하지만 M의 몸에는 몇 시간 전 자신의 빈집으로 들어왔던 친절한 남자의 불완전하고도 불필요한 배려가 남아있었다. 술에 취한 M의 몸은 평소와 달리 활기찼다. 그렇기에 M은 자신의 보폭을 오산했다. 그의 발끝이 문턱에 닿았다. M은 중심을 잃었다. 예상치 못한 상

황에 M은 감고 있던 두 눈을 떴다. M의 육체가 어찌할 도리 없이 앞으로 고꾸라지고 있었을 때 1층을 불태우던 환한 불빛으로 남자의 눈이 반짝였다. 1층의 소음을 삼킬만한 둔탁한 소리가 났다. M은 2층 난간에 부딪혀 턱이 부러진 채 죽어버렸다.

며칠 뒤 지방의 한 신문에 짤막한 뉴스가 실렸다. 화재로 집이 전소되었고 그 안에서 신원을 알 수 없는 남성의 시신이 발견되었다는 내용이었다.

3

소송

말로 A.는 소송에 잠식되기 직전이었다. 며칠째 일을 진척시킬 수도, 잠을 잘 수도 없었다. 그는 양손으로 턱을 괸 채 검은 화면을 응시하다, 이내 허리를 구부려 자신의 책상에 이마를 댔다. 그는 영혼 없는 사람처럼 한참을 움직이지 않았다. 그가 피소되었다는 소문이 은행 전체에 파다했다. A 앞에서 직원 누구도 소송에 대하여 언급하지 않았으나 A는 분위기를 눈치채고 있었다. A는 그들과 마주치지 않으려 애썼다. 늦은 시간에 퇴근했고, 해가 뜨기 전에 출근했다.

A가 몸을 일으켰다. 오른손을 뻗어 책상 아래의 컴퓨터 전원을 켰다. '그래도 일을 하는 편이 낫겠어. 쓸데없이 주의를 빼앗기는 것보다야 훨씬 좋아지겠지. 소송은 변호사가

알아서 할 일이야.' A는 충혈된 눈으로 모니터를 봤다. 그리고 소송을 검색했다. 조금 전 다짐을 비웃기라도 하듯 그는 소송에서 벗어날 수 없었다. 그가 눈을 깜빡이자 몸이 움찔했다. 황급히 키보드와 마우스에서 손을 뗐다. 놀란 A는 밀치듯 의자를 빼고 일어나 뒤편 유리창으로 몸을 돌렸다. 그는 당장이라도 눈앞의 창문으로 뛰어내리고 싶었다. 하지만 그것은 그가 유죄임을 자인하는 것이었다. 그는 먼 곳을 보며 숨을 크게 쉬었다. 먹구름이 끼기 시작했다.

책상 위의 내선전화기가 울렸다. A의 시선이 전화기로 향했다. 행장실에서 걸려온 전화였다. A는 마지못해 전화를 받았다.

"국장 바쁜가? 긴히 해야 할 얘기가 있으니 내 방으로 와 주게."

행장의 다정한 목소리가 들렸다. 하지만 A는 행장과의 대화가 불편했다. A의 소송과 업무에 관해 이야기할 것이 자명했다. A는 적절히 핑계를 대고 빠져나가고 싶었다.

그는 의자 위에 걸어 놓았던 검정 재킷을 입었다. 느슨한 넥타이는 고쳐 맸다. 서류함 구석에 꽂혀 있던 결재 서류를 들고 자신의 사무실에서 나왔다. 사람들이 지겨운 표정을 하고 앉아있었다. A는 그들을 향해 결재 서류를 보여주며 어쩔 수 없다는 표정을 지었다.

"전에 요청하신 투자 건은 옆방 실장님께 말씀하셔도 괜찮습니다."

A는 손님들의 불평을 뒤로 한 채 복도를 거쳐 행장실 입구에 도착했다. A는 목소리를 가다듬은 뒤 두꺼운 문을 열고 행장실로 들어갔다.

행장의 비서가 A에게 인사했다. A는 형식적으로 답했다.

"행장님 면담이 있어서 왔습니다."

"지금 행장님은 실장님과 이야기 중이니 조금만 기다려 주세요."

초조한 A는 비서의 대답에 화가 치밀었다. 하지만 그는 자신의 감정을 내색하지 않기로 했다. 억지로 그녀에게 미소를 지었다. 방 안의 대화가 길어졌다. A는 정신없이 비서의 책상 앞을 오갔다. '실장과 무슨 얘기를 하는 거지. 뻔히 실장과 내가 사이가 좋지 않은 걸 알면서. 분명히 실장이 소송 건으로 날 흠 잡으려고 하는 게 틀림없어. 교활한 자식. 소송만 아니었어도.' 그때 행장실의 안쪽 문이 열리고 실장이 나왔다.

A는 실장과 시선이 마주쳤다. 그러자 실장의 얼굴이 무표정하게 변했다. 실장은 이내 고개를 돌려 비서에게 밝게 인

사한 뒤 바깥문을 열고 나갔다. A는 천천히 닫히는 문 사이로 실장을 훔쳐봤다. 실장은 A의 사무실 앞에서 표류하고 있던 지루한 손님들에게 관대한 웃음을 선사했다. 그러고는 본인이 커다란 아량을 베푸는 것처럼 조용히 그들을 자신의 사무실로 인도했다.

"국장, 안으로 들어오게."

A의 뒤에서 행장의 목소리가 들렸다. A는 닫히지 않은 안쪽 문에 노크하고 방의 주인에게 인사했다. 그리고 문을 닫았다.

행장은 A를 보고 웃었다. 그는 책상 위의 전화기를 들었다. 비서에게 홍차를 준비해 오라고 말했다. 행장의 안내로 A는 내빈용 탁자에 앉았다.

"홍차 좋아하나. 겨울에 마시면 좋다네."

노크 소리가 들렸다. 비서가 다기를 들고 들어왔다. 그녀는 화려한 러시아 다관과 찻잔을 탁자 위에 올려놓은 뒤 정중하게 그곳을 빠져나갔다.

"업무가 잘 처리되지 않는 것 같은데 소송 때문인가? 실장도 많이 걱정하고 있네."

행장이 다관을 기울여 하얀 찻잔에 홍차를 채웠다. 행장의 질문은 A의 예상대로였다. A는 준비해 두었던 대답을 쏟아냈다. 소송은 잘 진행되고 있고, 큰 문제가 아니라고 했다. 그리고 업무는 약간 지체되고 있을 뿐 이것 역시 조만간 정리해서 보고하겠다고 했다.

"이 은행에서 내가 믿는 건 자네밖에 없네. 나에게 핑계 대지 않아도 되네."

행장이 웃으며 말했다.

"어서 차 들게. 자네와 할 말은 따로 있네."

A는 불편한 마음으로 붉은색 차에 입을 댔다. A는 행장이 무슨 말을 할지 가늠이 되지 않았다. '실장과의 관계를 말하는 건가. 아니면 소송이 끝날 때까지 일부라도 실장에게 업무를 넘기라고. 그렇다면 다음 진급은 볼 것도 없이……, 실장이 하게 되잖아. 혹시라도 내 밑에 있는 녀석이 진급이라도 하게 되면……, 나는……, 그만둬야 하는데!' A는 찻잔에 입만 댄 채 초점 없는 눈을 굴렸다.

"맛이 어떤가?"

행장이 물었다.

"예?"

놀란 A가 답했다.

"아. 예. 좋습니다. 겨울에 마시기 참 좋습니다."

A는 뜨거운 홍차를 단숨에 들이켰다.

행장은 다시 A의 잔에 차를 채웠다. 다관과 찻잔이 부딪쳤다.

"나 대신 어디 좀 다녀와야겠네. K사 알지?"

행장의 말에 A는 사레가 걸렸다.

"죄송합니다."

행장은 A가 잠잠해지자 말을 이어갔다.

"최근에 K사 대표가 회사를 이전했네. 너무 소홀하게 관리했어……. 문제는 그 사람이 가진 돈 전체를 인출해달라고 나에게 직접 연락해왔네. 우선 확인해 보고 연락을 준다고는 했네만……."

행장이 목이 탄 듯 차를 마셨다.

"자네가 좀 가줘야겠어. 조금 전에도 말했다시피 믿을 사람은 자네밖에 없네. 그 사람 돈을 모조리 줬다간 이 은행은 파산할 걸세. 최소한 절반이라도 남겨둬야 해."

행장은 옆에 놓아두었던 메모지를 A에게 건넸다. 대표의 연락처와 주소가 적혀있었다. A는 메모를 보며 곰곰이 생각했다. '대표와 있었던 일은 아무도 몰라. 그래, 내가 한다고 하자. 이번 일만 해결하면 돼. 운이 좋으면 소송은 무마될 수도 있겠어.'

A는 자신이 처리할 수 있을 것 같다고 말했다. 행장이 반색했다. 행장은 그럴 줄 알았다고 했다. 대신 A는 자신의 상황에 대해서는 감안해 달라고 말했다. 행장은 당연하다고 했다. A는 오른손으로 찻잔을 들고 소파에 등을 기댔다. '○○까지는 남쪽으로 두 시간. 이 지긋지긋한 소송도 이제 끝이야. 갔다 와서 휴가를 낼까. 제일 먼저 변호사부터 해고해야지. 다시 편하게 잘 수 있겠어.' A는 천천히 차를 마셨다.

"언제까지 처리해야 합니까?"

A가 물었다. 행장은 빛나는 눈으로 A를 보며 말했다.

"당장! 오늘밖에 없네."

행장은 A에게 회사 차와 렌터카 중 하나를 고르라고 제안했다. 그러면서 그는 가급적 비공식적인 방법을 사용하길 바랐다. A도 누군가가 대신 운전해 주는 건 불편했다. 자신이 서둘러 다녀오는 편이 낫겠다고 판단했다. 그는 렌터카로 결정했다. A의 대답에 행장은 방에 들어갈 때보다도 더 다정하게 A를 대했다. 그리고 선물을 준비해 두었으니 사장에게 전달하라고 말했다. A는 고개를 끄덕였다. 행장이 전화기, 차 키 그리고 신용카드 한 장을 건넸다.

A는 행장의 방에서 빠져나와 지겨운 복도를 거슬러 갔다. 그는 실장의 사무실을 훔쳐봤다. 실장은 그런 A의 눈을 포

획했다. 그리고 알 수 없는 표정을 지었다. A는 실장에게 미소로 화답하며 자신의 방으로 들어갔다. A는 책상 위에 결재 서류를 내던졌다. 실장의 오묘한 표정이 떠올랐다. A는 실장이 암울한 미래를 맞이하길 고대했다. 사무실은 먹구름으로 어두웠다. 방 안의 조명은 꺼져 있었지만, A는 인식하지 못했다. A는 여전히 소송에 함몰되어 많은 것을 놓치고 있었다.

높은 빌딩 숲 사이로 까만 구름이 부서져 내렸다. 빌딩 앞의 노란색 택시들이 손님을 기다리고 있었다. A가 빌딩 밖으로 나왔을 때 택시의 모자와 가로등에 불이 켜졌다. 저녁만큼이나 어두운 낮이었다. A의 검정 코트 위로 하얀 눈이 가라앉은 뒤 사라졌다. A가 사용할 렌터카는 몇 블록 떨어진 주차타워에 있었다. A는 인도를 따라 걸었다. 블록 모퉁이의 자동차들이 신호를 기다리고 있었다. '7777. 좋은 번호군.' 신호가 바뀌었다. A가 목적지를 향해 출발했다. A의 코트 위에 눈이 쌓이기 시작했다.

주차타워 1층 구석에 흰색 세단이 숨어있었다. A는 차 안으로 들어갔다. 코트를 벗어 조수석에 던져 놓은 뒤, 뒷자리를 봤다. 하얀색 상자가 테이프로 밀봉되어 있었다. 그는 무심하게 몸을 돌렸다. 시동을 켜고 바지 주머니의 메모를 꺼냈다. 자동차에는 내비게이션이 없었다. 어쩔 수 없이 A는 코트 바깥 주머니에 넣어둔 휴대전화를 꺼내 목적지를 입력했다. 목적지를 확인한 남자는 손에 쥐고 있던 전화기를 보기 편한 지점에 걸쳐놓았다. 그러고는 마침내 자동차를 이끌고 건물 밖으로 향했다.

도로는 눈으로 엉키고 있었다. 가볍게 내리던 눈은 바람을 타고 눈보라가 되었다. 제설차가 뿌려대는 제설제와 모래로 하얀 눈은 흙탕물이 되어 엉겨 붙었다. A는 와이퍼로 눈을 닦아냈지만, 그의 자동차가 불결해지는 것을 막을 수는 없었다. 자동차들은 바닥에 붙어 기어갔다. A의 눈이 무거워졌다. 그는 연거푸 하품했다. A의 자동차는 속도와 반대로 빠르게 기름을 소진했다. 어느새 절반가량 있던 자동차의 기름이 그 절반이 되었다. A는 다음 주유소에서 주유해야 했다. A의 인내심 역시 자동차의 기름처럼 소모되고 있었다.

자동차는 도심을 빠져나와 대교로 진입했다. 그의 주변으로 소수의 자동차만이 오가고 있었다. 다리를 통과한 시점에는 눈마저 침착해졌다. 바람은 미풍에 불과했고 A의 시야는 밝아졌다. 도로 위의 차분함이 지속되었다. A가 또다시

하품했다. A는 창을 내렸다. 차가운 바람이 자동차 안으로 몰아쳤다. A의 머릿속에 소송과 오늘 해결해야 할 일이 엇갈렸다. 실장에 대한 A의 조급함이 악수를 만들었고, A는 자신의 결정에 대해 낙심할 수밖에 없었다. 그런 A에게 마지막 빛이 내려왔다. A는 그를 인도하고 있는 희망의 장소가, 그가 만나야 할 사내가 미치도록 그리웠다. 인내심이 바닥난 A는 창을 닫고 매섭게 자동차를 몰아쳤다. A의 전화기가 깜빡거렸다. 하지만 불안한 안광을 가득 채운 운전자는 그 신호를 눈치채지 못했다.

도시 끝에서도 눈이 내리고 있었다. A는 괘념치 않았다. 그는 조금이라도 빼앗긴 시간을 회복해야 했다. 더욱 속도를 올렸다. 뒤따르던 자동차들의 불빛은 시야 밖으로 사라졌다. 혼자 남겨지자 A는 안개 속에 갇힌 느낌이 들었다. 전화기 지도 위의 자동차 역시 멈춘 듯 제자리였다. 아무리 가속해도 자동차가 움직이지 않았다. A는 안개에 파묻혀 버렸다. A가 비상깜빡이를 누르자 자동차의 모든 전자장치가 번쩍이기 시작했다. 아무것도 말을 듣지 않았다. A는 클랙슨을 눌렀다. 소리가 나지 않았다. 재차 눌러도 응답이 없었다. A가 있는 힘껏 후려쳤다. 폭탄 터지는 소리가 났다. A는 눈을 크게 떴다. A의 자동차가 펜스에 기댄 채 잠들어 있었다.

밖에서 누군가 창문을 두드렸다. A는 창문을 내렸다. 경찰이었다.

"괜찮으십니까?"

"예. 괜찮습니다."

A는 잠을 자지 못해서 그런 것 같다고 말했다. 경찰의 지시에 A는 코트를 입고 밖으로 나갔다. 두 명의 경관이 하얀 길 위에 서있었다.

"면허증 보여주세요."

A는 코트 안쪽 주머니에 손을 넣었다. 지갑이 없었다. 면허증도 신분증도 없었다. 경찰에게 없다고 했다. 말을 하던 경찰의 신호로 그의 동료가 자동차 내부를 뒤졌다.

자동차 앞좌석은 깨끗했다. 경찰이 팔을 뻗어 조수석 서랍을 열었다. 렌트 계약서가 나왔다. 밖으로 나와 다른 경찰에게 서류를 건넸다. 그리고 귓속말을 한 뒤 A 뒤에 섰다.

"A씨인가요?"

서류를 받은 경찰이 물었다.

"네."

"생년월일은요?"

A는 자신의 정보를 경찰에게 말했다. 경찰은 고개를 끄덕이고 앞으로 신분증은 꼭 가지고 다니라고 단호하게 말했

다. A는 고개를 끄덕였다.

"참. 뒷좌석에 있는 하얀 상자에는 뭐가 들었습니까?"

경찰이 물었다.

A는 자신도 모른다고 했다. 곧바로 A는 미간을 찌푸렸다. 잘못된 느낌이 들었다. 경찰이 고개를 갸웃거렸다. A 뒤의 경찰이 목소리를 가다듬었다. A는 곧바로 말을 쏟아냈다.

"전 ○○은행에 근무하고 있습니다. 여기 메모에도 적혀 있다시피 업무상 출장 가는 중입니다. 급하게 나오느라 지갑을 놓고 왔습니다. 은행장님께 전화하시면 제가 말씀드린 걸 확인할 수 있습니다."

A는 주머니에서 전화기를 찾기 시작했다. 없었다. A는 초조했다. 자동차에 있으니 찾아오겠다고 했다. 그는 곧장 운전석으로 뛰어 들어가 걸쳐놓았던 전화기를 찾았다. 찾지 못했다. A는 다급해졌다.

"됐습니다. 나오세요."

경찰이 시큰둥하게 말했다. A는 얼굴이 상기된 채 차에서 기어 나왔다. 두 경찰의 무전기가 켜졌다. 소음이 들렸다. 인근에서 교통사고가 났다. 경찰은 무전을 받은 후 경찰차에 탑승했다. 조수석에 앉은 경찰이 창문을 내렸다. 그는 A에게 또 사고 나지 않게 조심하라고 말한 뒤 눈 속으로 사라졌다.

눈 위에 서있던 A는 안도의 숨을 내쉬었다. 가로등이 꺼지고 A 옆으로 자동차들이 빠르게 움직이고 있었다. 눈발이 약해졌다.

  자동차는 두 도시의 교차로에 도착했다. A는 주유소를 찾아 들어갔다. 주유원에게 금액을 말한 뒤 늦은 점심을 먹기 위해 편의점으로 걸어갔다. 먼저 도착한 사람들이 주유소를 바라보며 점심을 먹고 있었다. A는 샌드위치와 커피를 골라 카운터에 올려놓았다. 안쪽의 직원에게 행장이 빌려준 카드를 내밀었다. 직원에게서 영수증과 카드를 돌려받은 뒤 음식을 들고 창가에서 떠들고 있던 남자들 옆에 섰다.

  차갑게 식은 샌드위치는 맛이 느껴지지 않았다. 커피는 밍밍했다. A의 식사는 단순히 허기를 채우기 위한 몸부림에 가까웠다. 샌드위치 몇 덩이를 입안으로 욱여넣었다. 멍하니 밖을 봤다. 적어도 사고를 행장에게 보고해야 할 필요를 느꼈다. A는 마지막 샌드위치마저 삼켰다. 다시 빈 주머니를 뒤졌다. '어디로 간 거지. 바닥에 떨어진 건가.' 종소리와 함께 문이 열렸다.

  "7777 검정 ***."

  주유소 직원이 자동차 주인을 찾으러 편의점으로 들어왔

을 때 A는 남아있던 커피를 들이켰다. 어수선한 소음이 직원의 목소리를 A에게서 밀어냈다.

　밖으로 나온 A는 다른 주유원에게 카드를 건넸고, 영수증과 함께 돌려받았다. A는 사고 난 부위를 둘러봤다. 범퍼가 부서져 있었다. 주유원에게 상태를 물었다. 직원은 주행하기엔 큰 문제가 없을 거라고 했다. A는 인사를 한 뒤 자동차 안으로 숨어들었다. 차분해진 A는 전화기를 찾기 위해 차 안을 샅샅이 탐색했다. 조수석 밑에서 차가운 전화기가 느껴졌다. A는 팔을 밀어 넣어 전화기를 끄집어냈다. 전원 버튼을 눌러 전화기를 켰다. 전화기는 정상적으로 작동했다. A는 안도했다. A는 다시 보기 좋게 전화기를 올려놓았다. 뒷좌석에 가지런히 놓았던 사장의 선물은 머리를 박고 있었다. A는 몸을 돌려 상자를 밀어버렸다. 어느 정도 자동차가 정돈되자 A는 행장에게 전화를 걸었다. 그는 전화를 받지 않았다. A는 나중에 얘기하기로 하고 자동차와 함께 주유소를 떠났다.

　도시가 바뀌자 날씨는 극적으로 변했다. 물기 하나 없는 아스팔트에 가로수는 아직도 나뭇잎을 매달고 있었다. 더러워진 전면 유리를 와이퍼로 닦아 냈다. A가 창문을 내렸다. 유리창은 미끄러지는 소리를 내며 안으로 파묻혔다. 냉기

대신 훈풍이 차 안을 채웠다. A는 진저리나는 소송을 그만두고 싶었다. 회사를 때려치우고, 겨울이 짧은 이 도시로 이주하고 싶기까지 했다. 하지만 그 선택은 도주가 돼 버리는 꼴이었다. A가 탄식을 내뱉었다. 예상보다 긴 시간이 흘렀음에도 A는 생각에 빠져 더욱더 속도를 늦추고 있었다. A가 창을 닫았다. 자동차 위로 떠다니던 새가 다시 숲으로 날아갔다.

팔을 뻗어 게이트의 인터폰을 눌렀다. 여인이 누구냐고 물었다. A는 자신을 설명한 뒤 사장을 만나러 왔다고 했다. 여인은 약속했냐고 재차 물었다. A는 약속은 하지 않았지만, 자신의 이름을 대면 만나줄 거라고 답했다. 여인은 기다리라고 말한 뒤 사라졌다. 잠시 후 커다란 소음을 내며 회색 게이트가 열렸다. A의 자동차는 길게 펼쳐진 가로수 길을 지나 사장의 저택에 도착했다. A는 한쪽에 차를 세웠다. 룸미러로 얼굴을 확인한 뒤 밖으로 나와 여유 있는 발걸음을 내디뎠다.

사장이 A를 기다리고 있었다.

"A 국장!"

사장이 빠른 걸음으로 A에게 다가와 그를 안았다.

"정말 잘 왔습니다. 한번 초대하려고 했는데 이렇게 불쑥 나타나다니. 반갑습니다."

사장은 함박웃음을 띠며 말했다.

"근처에 일이 있어 왔다가 잠시 들렀습니다. 이건 선물입니다. 마음에 드실지 모르겠습니다."

A가 하얀색 상자를 사장에게 건네며 말했다.

"왜 이런 것까지 준비하셨습니까? 차 한잔하시지요. 들어갑시다."

사장은 A의 어깨에 손을 올리며 오랜 친구처럼 굴었다. 둘은 사장의 집으로 들어갔다.

A와 사장은 긴 대리석 테이블 중앙에 마주 보고 앉았다. 사장이 A에게 차를 따라주었다.

"참치는 잘 먹겠습니다. 제가 좋아했던 걸 잊지 않고 기억하시다니, 뭐라 말을 해야 할지 모르겠습니다."

사장은 뜻밖의 방문에 감동한 눈치였다. 하지만 A는 사장의 말을 이해하지 못했다.

"어떻게 열어보지도 않고 아셨습니까?"

A가 의심의 목소리로 물었다. 사장은 상자 옆면에 음각으로 가게 이름이 새겨 있다고 말했다. A는 이내 미소를 지었다.

사장은 A에게 여기까지 오는 데 얼마나 걸렸는지 물었다. A는 네 시간 가까이 소요됐다고 답했다. 사장은 고개를 갸웃거렸다.

"혹시 국도를 거쳐 오셨습니까?"

"예. 중간에 눈이 많이 와서 꽤 지체됐습니다. 다른 길이 있었나요?"

A가 답했다. 사장은 최근에 고속도로가 개통돼 그곳으로 오면 두 시간도 걸리지 않는다고 말했다. A는 돌아갈 때 그곳으로 가봐야겠다고 했다. 사장은 그렇게 해야만 한다고 했다.

"아직 소송이 진행 중인데 저를 만나도 되겠습니까? 저야 괜찮지만 국장님은 위험부담이 클 텐데요. 주소는 어떻게 아셨습니까?"

사장이 말했다.

"걱정하지 않으셔도 됩니다. 행장 지시로 공식적으로 움직이는 거니까요. 주소는 행장이 알려주었습니다. 그건 그렇고 언제 이쪽으로 오셨습니까?"

A가 물었다.

"그렇다면 저도 안심입니다. 여기 온 지는 몇 달 됐습니다. 국장님께 연락을 드리려고 했는데 소송도 있고 워낙 정신이 없어서 그렇게 됐습니다."

사장은 연거푸 홍차를 마셨다.

"소송은 어떻게 잘 진행되고 있습니까? 며칠 전에 변호사를 만났는데 계획대로 되고 있다고 자신하더군요."

사장이 또다시 홍차를 마셨다.

"좋은 변호삽니다. 가끔 사소한 문제로 진행이 늦어지기도 하지만 괜찮은 수준입니다. 다 사장님 덕분입니다."

A가 무표정하게 답했다.

"소송은 제가 무리하게 부탁해서 벌어진 일이라 유감스럽게 생각합니다. 보시다시피 제 쪽은 마무리가 잘 됐습니다. 그러면 당연히 국장님 소송 건도 좋게 마무리되겠죠. 염려는 그만하셔도 될 겁니다."

사장이 말했다.

"그렇지 않아도 물어볼 게 있습니다."

A가 마시던 차를 테이블에 놓으며 사장을 바라봤다. 사장은 인자한 눈빛으로 자기 친구를 바라봤다. A는 행장의 말을 부드럽게 표현해 사장에게 전달했다. 요청했던 시기를 조금만 늦추거나 금액을 분할해 지급할 수 있다고 했다.

사장이 의아한 표정을 지었다.

"그럴 리가요. 이미 그 일은 해결됐고 내용도 다릅니다.

회사 이전으로 돈이 필요해서 인출하려 했더니 실장님이 만류하시더군요. 은행 사정이 안 좋다고 하면서요. 저는 국장님과 관계도 있고, 마침 또 주식 상황이 좋아서 그걸로 해결했습니다."

사장의 말에 A는 실장을 포함해 행장까지도 의심이 들었다. A가 재킷 안주머니에서 행장이 준 메모를 사장에게 보여주었다. 사장이 크게 웃었다.

"번호가 틀렸습니다. 끝자리가 6이 아니라 0입니다. 전달하면서 문제가 좀 있었나 보군요."

사장이 손가락으로 찻잔을 두드렸다. 그는 생각을 정리하고 있었다. 그가 찻잔을 탁자에 올려놓은 뒤 자리에서 일어나 A에게 다가왔다. 사장은 A 바로 옆에 앉아 몸을 기울였다.

"국장님, 아까도 말했지만……. 국장님께 전화를 드리는 건 소송에 증거를 남기는 겁니다. 우리는 만나지도 연락도 하지 말아야 합니다."

사장이 속삭이듯 A에게 말했다. 그리고 재빨리 일어나 자신의 자리로 돌아갔다.

"오늘은 공식적으로 움직이는 거니 괜찮습니다."

A가 열린 창을 보며 말했다.

"다행입니다. 차는 괜찮죠?"

사장의 말에 A는 식은 차를 한 모금 마셨다. 설명할 수 없는 익숙한 느낌이 들었다. A는 짧게 웃었다.

"그건 그렇고……. 국장님이 직접 저에게 오신 것을 보니 실장님이 행장님께 보고하지 않으셨나 봅니다."

사장의 말에 A는 원망스러운 실장의 얼굴이 떠올랐다.

"그러게나 말이에요."

A는 오던 길에 사고가 났다고 했다. 그러자 사장은 몸은 괜찮냐고 물었다. A는 아직은 괜찮다고 말한 뒤 주머니 속의 물건들을 꺼내 탁자 위에 올려놓았다.

그는 전화기를 들어 사장에게 보여주었다. 자신의 난감했던 상황을 이야기했다. 사장이 웃었다. 요즘에 소송 때문에 잠을 통 자지 못했다고 말하자, 사장은 조심해서 돌아가라고 말했다. A에게 잠이 엄습했다. 졸린 남자가 양팔을 뻗어 기지개를 켰다. 하품 뒤에 나온 눈물이 뺨으로 흘러내렸다. A는 열린 창밖을 봤다. 그에게 새 한 마리가 보였다. A가 눈물을 닦았다. A는 잠들기 전 떠나겠다고 다짐했다. 그가 탁자 위의 소지품을 챙겼다. A의 시야에 플라스틱 카드가 들어왔다.

카드 소유자명에 행장의 이름이 적혀있었다. A의 표정이 굳었다.

"사장님, 법인카드에 행장 이름이 적혀있는 건 말이 안 되죠?"

A가 사장을 보며 말했다.

"당연히 회사 이름이 적혀있어야 합니다."

사장의 얼굴에 웃음은 사라지고 없었다. "공식적으로 움직이는 거 맞습니까?"

사장의 물음에 A는 혼미해졌다. 다시 전화기의 붉은 빛이 깜빡였다.

A는 조심스레 전화기 화면을 켰다. 내비게이션 외에 자신이 켜놓지 않은 프로그램 하나가 작동되고 있었다. A의 가슴이 두근거렸다. 놀란 A가 알림 배너를 눌렀다. 녹음 프로그램이 작동됐다. A의 심장이 더욱 빠르게 뛰었다. A는 애플리케이션을 꺼야 했다. 그리고 언제부터 녹음이 되었는지 확인해야 했다. A는 애플리케이션을 눌렀다. 하지만 암호를 입력하라는 메시지만 반복됐다. A는 이마에 오른손을 올린 채 커다랗게 눈을 떴다. 창밖의 새가 어슬렁거렸다. A의 시선은 낯선 소리가 나는 곳을 향했다. 제자리에서 비행하던 그 새는 그를 촬영하고 있었다. 그제야 A에게 드론의 커다란 눈이 보였다.

A의 눈이 거세게 방황했다. 잠은 달아난 지 오래였다. 사장과 A는 아무 말도 하지 않고 서로를 바라본 채 움직이지 않았다. 차가운 무언의 대화가 지속되었다. A의 몸이 휘청였다. 그가 탁자를 밀어내자 찻잔이 신호를 보냈다. A는 탁자 위의 자동차 키를 집어 들고 사장에게 인사한 뒤 도망치듯 뛰어나왔다. 그리고 빠른 속도로 사장의 영역에서 탈출을 시도했다. 뛰쳐나온 사장은 굉음을 내며 달려 나가는 자동차를 보고 있었다. 손을 들어 친구에게 작별 인사를 하고 있었지만, 운전자는 저택의 산책로를 벗어나려 안간힘을 쓰고 있을 뿐이었다. 사장의 아름다운 집 전체에 주황색 등이 켜졌다. 자동차가 사라지자 사장은 커다란 문을 열고 집 안으로 들어갔다. 주위는 다시 고요한 저녁으로 빠져들었다.

A는 오늘을 복기했다. 손톱을 물어뜯으며 하루를 재현하려 안간힘을 썼다. 자동차의 전조등이 꺼진지도 모르고 생각에 잠식되는 사이 그의 자동차는 고속도로 입구를 지나쳤다. A는 다시 긴 국도로 접어들었다. A의 뒤에 검정 자동차가 따라붙었다. '행장 방에서 실장과 마주쳤을 때 아주 즐거워 보였었지. 행장과 사장도 실장의 모의에 끼어든 건가. 아닐 거야. 그래 자동차 계약서. 행장은 이미 내 이름으로 준비해두고 모른 척했지. 아니야 아니야……. 행장은 내 편이었

어. 피치 못할 이유가 있었던 게 분명해. 그 하얀 상자……. 이전부터 사장과 내가 만나고 있던 걸 알고 있을 만한 사람. 실장이지. 그래. 그 자식이 다 꾸민 거야. 확실해.' 하지만 A는 행장 역시 이해되지 않았다. 행장이 넘겨준 카드, 그 알 수 없는 드론, 자신의 전화기. A는 소송에 빠져 자신을 추적하던 모든 것들을 인식하지 못했다. 그리고 스스로 그들에게 고스란히 자신을 넘겨준 꼴이 되어버렸다. A는 창문을 열어 불결한 물건들을 내팽개쳤다. 절규하던 남자는 자동차의 라이트도 켜지 않은 채 그의 도시로 돌아가고 있었다.

바로 뒤의 검정 자동차가 A를 향해 상향등을 번쩍였다. A는 룸미러로 뒤를 봤다. 룸미러는 A의 시야와 맞지 않아 잘 보이지 않았다. A는 오른손으로 룸미러를 몇 번 움직여 보기 좋게 맞추었다. 뒤의 자동차가 다시 한번 전조등을 높게 켰다. 불빛이 A의 시야를 방해했다. '어쩌라는 거야. 시비 거는 거야 뭐야.' A는 더욱 불쾌해졌다. 왼쪽의 사이드미러로 뒤차를 노려보았다. 뒤차의 전조등이 꺼졌다. A의 눈에 얼핏 자동차 번호가 들어왔다. '검정 벤츠. 7777.' 다시 뒤에 있던 자동차의 전조등에 불이 켜졌다. 그리고 검정 벤츠가 경적을 울렸다.

A의 머릿속에선 해결되지 않은 문제들이 엉키고 있었다. 애써 이해하지 않으려 했던 것들이 수면 위로 떠올랐다. 다시 실장만의 계략이 아니라는 의혹이 살아났다. 행장을 비롯해 친구라고 믿었던 사장까지 의심하기 시작했다. A의 불신은 사장의 대화를 자백으로 만들었다. 사장과 있었던 일들도 모략으로 여겼다. 그리고 배회하던 드론의 주인은 사장이라고 믿었다. A의 퍼즐이 맞춰질수록 그의 의심은 확신으로 전환되고 있었다. 사장은 음모에 가담한 배신자였다. 이 생각에 도달하자 A는 자신의 소송은 패소하고야 말 거라는 좌절로 근접했다.

어두운 자동차 안의 A는 대책을 찾는 동시에 자신을 뒤따르는 검정 벤츠로부터 도망치기로 했다. A는 속도를 올렸다. 자동차는 이미 제한속도를 초과한 지 오래였다. 그는 이 상황에서 벗어나고 싶었다. 자동차는 거침없이 도로를 달렸다. 가로등이 줄어들었다. 자동차의 시야는 어두웠고 좁았다. A는 자신의 추격자로부터 탈출하는 것이 급선무였다. 완만했던 도로가 구불거렸다. A는 속도를 줄이지 않았다. 희미한 빛에 의지해 난폭한 운전을 이어갔다. A는 룸미러를 봤다. 추격자는 멀어지다 까마득해졌다. 그리고 이내 사라졌다. A는 안도했다. 길이 다시 완만해졌다. A가 심호흡했다.

공기가 퀴퀴했다. A가 자동차 창문을 열었다. A의 손바닥이 흥건했다. 그는 양손을 번갈아 가며 땀을 닦았다. 다시 창을 닫았다. A는 자세를 고쳐 잡았다. 다시 룸미러의 시야가 맞지 않았다. 주변에 자동차 불빛이 보이지 않았다. 그는 재차 룸미러를 조절했다. 그때 자동차를 때리는 둔탁한 소리가 들렸다. A는 사람을 쳤다고 생각했다. 그러면서도 자동차를 멈추지 않고 달렸다. 그는 뺑소니를 쳤다. 진정됐던 가슴이 터질 듯 뛰고 있었다. 다리가 떨렸다. A는 운전할 수 없었다. 그는 사고 지점에서 몇 킬로 떨어진 곳에 겨우 자동차를 세웠다. 몸을 숙여 운전대에 머리를 댔다. 온몸이 떨렸다. '아니야. 아니야. 사람은 아닐 거야. 사람을 못 볼 리가 없잖아. 그렇게 어둡지도 않았는데. 동물이겠지. 동물이어야만 해. 그것도 안 돼. 돌이거나 나무 조각 같은 거겠지. 비명 같은 건 전혀 없었어. 아닐 거야.'

A는 실내등을 켠 뒤 룸미러로 자신의 얼굴을 봤다. 당장이라도 그의 눈은 울 것처럼 붉게 변했다. 등을 껐다. 자동차 전면을 봤다. '뭐야. 라이트도 안 켰잖아. 제대로 되는 게 하나도 없네.' A는 떨리는 손으로 전조등을 켰다. '정말 사람이면 어떻게 하지. 친 줄 몰랐다고 할까. 그래, 아침에 경찰이 사고 난 걸 봤잖아. 그리고 주유소 직원. 그 친구가 범퍼 깨

진 걸 확인했으니까 지금 사고는 몰랐다고 잡아떼면 돼. 사람이었으면 기사에 나오겠지. 지금 찾아볼까. 아… 전화기는 아까 버렸잖아. 어떻게 하지. 모르겠다. 혹시나 사람이면 자수하던가 그렇게 하자. 그래 그렇게 하자…… 빨리 가서… 쉬어야겠어.'

A는 두근거리는 가슴을 주체할 수가 없었다. 운전대를 잡은 손과 페달을 밟고 있던 발이 떨리고 있었다. 사라졌던 불빛이 그에게 바짝 들러붙었다. A의 심장 소리가 천둥소리만큼이나 크게 들렸다. 그는 세워두었던 자동차의 속력을 올려 빠르게 달아나기 시작했다. 그에겐 가장 운 나쁜 날이었다. 어느새 자동차는 도시의 교차점을 지나치고 있었다. A는 자신의 도시로 돌아왔다. 가로등이 길 양쪽으로 길게 늘어서 있었고 도로의 물기가 전조등에 반사되어 반짝거렸다. A는 속도를 줄여야만 했다. 또다시 뒤따르던 자동차와 가까워졌다. 멀리 있던 신호등에 노란불이 점등되었다. 그리고 빨간불로 바뀌었다.

달아날 수 없었다. A는 차를 세웠다. 이제는 종일 자신을 따라다니고 있었던 자동차를 따돌릴 수 없었다. A의 왼편으로 주유소가 보였다. A는 주유소에서 자동차의 상태를 확인하고, 사람을 치었다면 자수하는 편이 낫겠다고 판단했다.

체념한 A는 신호가 바뀌기도 전에 무심하게 자동차를 틀었다. 반대쪽에서 달려오던 검정 세단이 A의 자동차와 충돌하며 커다란 파열음을 냈다. '7777. 좋은 번호군. 내 뒤에 있던 게 아니었나.' A는 정신을 잃었다.

A가 눈을 떴을 때 그는 사무실 소파에 누워있었다. 그가 몸을 일으키자 가슴에 놓여있던 결재 서류가 바닥으로 떨어졌다. 온몸이 쑤셨다. 사고 뒤의 일이 생각나지 않았다. '여긴 어떻게 온 거지. 도망치려고 했는데 도대체 왜 여기에 있는 거야.' 머리가 아팠다. 오른손으로 관자놀이를 비벼댔다. 두통이 가시질 않았다. 소파에서 일어나 책상 뒤 유리창으로 향했다. 창문을 열자 상쾌한 바람이 안으로 들어왔다. A는 숨을 크게 쉬었다.

몸을 돌려 자신의 사무실을 훑어보았다. 컴퓨터는 꺼져있었고 왼쪽 구석의 옷걸이엔 어제 입었던 자신의 코트가 걸려있었다. 사무실 조명은 밝게 켜져있었다. 평소와 다를 바 없었다. 사무실 밖은 폭풍전야처럼 고요했다. A는 혼란스러웠다. 어제 일이 벌어지지 않았던, 자신의 꿈이었다는 착각마저 들었다. 책상으로 다가와 아래쪽 서랍을 열었다. 어제 놓고 왔던 지갑이 그대로 있었다. 지갑을 꺼내 바지 뒷주머니에 넣은 뒤 서랍을 닫았다.

　전화기를 찾았다. 입고 있던 정장엔 전화기가 없었다. 그는 큰 걸음으로 구석으로 걸어가 옷걸이에 걸려 있던 코트를 들어 뒤졌다. 오른쪽 주머니에서 전화기가 나왔다. '정말 어제 일은 그냥 꿈이었나. 꿈인데 몸은 왜 이렇게 아픈 거야.' A는 전화기의 화면을 켰다. 백그라운드에서 작동되는 애플리케이션은 없었다. A가 녹음 프로그램을 켰다. 최근에 녹음된 내용 역시 없었다. A는 화면을 껐다. 그는 오른손으로 전화기를 돌리며 어제 일을 생각해내려 애썼다. 다시 머리가 아팠다. 그는 생각하는 걸 그만두었다. 여전히 이해되지 않는 일이 많았지만, 자신이 혼동했다고 결론지었다. 그렇다고 의심이 완전히 꺼진 것은 아니었다.

　A는 손에 전화기를 쥔 채 의자에 앉았다. 창가 가까이 의자를 밀어낸 뒤 할 수 있는 최대한 편한 자세를 취했다. '한동안 소송 때문에 못 잔 게 문제였어. 현실과 꿈도 구분하지 못할 정도라니 휴가를 내긴 해야겠군.' A는 꿈속에서도 비열했던 실장의 얼굴을 떠올렸다. 이어 행장의 어색한 말투, 경찰의 강압적인 태도, 사장의 떨리는 목소리, 자신을 뒤 따라다니던 검정 세단을 상상했다. 그리고 하얀색 렌터카를 떠올랐다. '범퍼가 깨졌었지.' A는 나무에 부딪혔던 거친 소

리가 너무나 생생하게 들렸다.

그가 전화기를 켰다. 사장이 살고 있던 도시의 이름과 자동차 사고를 검색했다. 아무런 뉴스가 없었다. 여러 차례 검색어를 바꾸어 찾아보았지만, 결과는 같았다. A는 안도했다. 얼굴엔 옅은 미소가 나타났다. 그에게 그 사건은 단순 사고였거나 꿈이 되었다. 신경 쓸 필요가 없어졌다. 책상 위의 전화가 울렸다. 행장 번호였다. 행장은 약간은 상기된 목소리로 자신의 방으로 오지 않는 A를 다그쳤다. 그럼에도 그의 다정한 목소리는 여전했다. A는 곧바로 가겠다고 대답했다. A의 표정이 더욱 밝아졌다. A에게 어제 일은 소송 때문에 발생한 착각이었다.

자리에서 일어나 기지개를 켰다. 옆구리에 통증이 있었지만 개의치 않았다. 감기가 오는 듯했다. 구석의 코트를 입고 바닥에 떨어진 결재 서류를 주웠다. 사무실 문 근처에 다다르자 웅성거리는 소리가 들렸다. A는 몸을 길게 늘여 문 옆의 유리로 밖을 봤다. 경찰 두 명이 실장과 이야기하고 있었다. A는 쥐고 있던 서류를 바닥에 떨어뜨렸다. 요란한 소리가 밖으로 전달됐다. 실장은 유리 너머 훔쳐보고 있던 A의 두 눈을 바라봤다. 실장이 A에게 어제 봤던 그 익숙한 표정을 지었다.

A는 허겁지겁 책상 뒤편으로 뛰어갔다. 경찰들과 실장은 여전히 문밖에 있었다. 그들은 A를 앞에 두고도 아무런 반응을 보이지 않았다. 문밖은 점점 소란스러워졌다. A는 고개를 떨궜다. 극도의 혼란으로 두 눈과 입이 활짝 열렸다. 온몸의 통증이 급격하게 몰려왔다. 식은땀이 흘렀다. 그사이 문이 열리고 실장의 안내로 경찰 두 명이 사무실로 들어왔다. 자신을 부르는 목소리에 A는 몸을 돌려 그들을 마주했다. 까만색 선글라스를 낀 경관은 허리에 차고 있던 권총에 팔을 올린 채 A를 기다리고 있었다. 문 너머에선 자신을 기다리던 사람들이 고개를 내밀어 검거 현장을 즐기고 있었다. 사람들이 웃었다.

A는 이 상황이 아직 깨지 않은 꿈이길 바랐다. 확인하는 방법은 하나밖에 없었다. A는 벽에 등을 대고 천천히 우측으로 움직였다. 그는 창 앞에 서자 쥐고 있던 전화기를 밖으로 몰래 밀어 넣었다. 경관은 A에게 쓸데없는 짓은 하지 말라고 경고했다. A는 경관의 말을 무시라도 하듯 뒤의 난간을 잡고 그 위로 올라섰다. 복도의 사람들이 그를 바라봤다. 경찰이 A에게 다가왔다. 그리고 아무 짓도 하지 말라고 했다. A는 다가오지 말라고 소리쳤다. 경찰은 A에게 마지막 경고라고 말했다. 그들은 책상 하나를 두고 대치했다. A가 창

밖과 경찰을 번갈아 봤다. 경찰은 A에게 창문에서 내려오라고 말했다. 그러면서 조금 더 가까이 A에게 다가왔다. A가 머뭇거리는 사이 경찰은 A의 코앞까지 도달했다. A가 사람들에게 포효했다. 그의 목소리에 경찰이 움찔했다. 그 찰나를 포착한 A는 재빨리 몸을 돌려 창밖으로 뛰어내렸다. 여자의 비명이 울려 퍼졌다. 실장과 경찰들이 창문으로 모여들었다. A는 신음을 내며 몸을 일으켰다. A가 고개를 들어 자신을 바라보고 있는 남자들을 응시했다. 그러고는 만신창이가 된 몸을 이끌고 주차타워를 향해 뛰어가기 시작했다.

냄새

새벽, 오늘과 어제의 어느 지점이었는지 불명확한 시간이었다. 나는 회복을 위해 게으른 주말을 보내고 있었다. 어렴풋한 잠에 빠져있을 때 휴대전화의 진동이 나를 깨웠다. 걸려온 곳은 저장되어 있지 않은 번호였다. 강제로 전화를 끊고 전화기를 뒤집어 놓았다. 그럼에도 몇 차례 더 전화가 걸려왔다. 받을 때까지 반복될 거라는 느낌이 들었다. 다시 전화가 왔을 때 전화기를 들어 통화 버튼을 눌렀다. 상대방의 무례한 태도를 비난하려는 찰나 건너편에서 먼저 정확히 내 이름을 불렀다.

"영민 씨 전화 맞습니까?"

"누구시죠?"

내가 물었다.

"박훈 씨 아는 사람입니다. 밤늦게 미안합니다. 급히 드릴 말씀이 있어서 전화했습니다."

나는 대답 없이 듣고만 있었다.

"박훈 씨가 죽었습니다. 죽은 지 며칠 됐습니다. 지금 경찰 조사 중입니다. 박훈 씨 전화기에 그쪽 연락처가 있어서 전화했습니다. 여기 오셔서 일 좀 처리해 주셔야겠습니다."

"무슨 일이요?"

내가 물었다.

"장례 말입니다. 그리고 이것저것 해야 할 게 많습니다. 제……."

"내가 왜요? 그쪽이 하셔도 되잖아요."

상대의 말을 끊고 내가 끼어들었다.

"전 그 정도까지 친한 사람이 아닙니다. 나는 일 때문에 알게 됐는데, 아무튼 좀 그렇습니다."

모르는 남자의 목소리가 커졌다.

"가능하겠습니까? 꼭 오셔야 합니다. 주소 남겨놓을 테니까 내일 거기서 만나기로 합시다. 자세한 건 얼굴 보고 말씀드리겠습니다. 참, 내일 빨리 오셔야 합니다."

"아. 아닙니다. 아무튼 내일 뵙겠습니다. 그러면 이만 끊습니다."

남자가 전화를 끊었다. 헐거웠던 밤이 팽팽해졌다.

아침이 왔다. 회사 팀장과 통화하기 위해 전화기를 들었다. 어젯밤 통화했던 남자에게서는 여전히 문자가 없었다. 팀장의 이름을 찾아 통화 버튼을 눌렀다. 몇 차례 연결 신호가 들리고 팀장이 전화를 받았다.

"일요일 아침부터 무슨 일입니까?"

팀장이 말했다.

"급한 일이 생겨서 내일 연차를 내려고 전화 드렸어요."

"무슨 일인지 물어봐도 됩니까?"

"친구가 죽어서 장례식장에 가야 할 것 같아서요."

"월말이라 바쁜데 이틀이나 있어야 합니까? 오늘 갔다 와도 충분할 것 같은데."

"지금 연락되는 사람이 저밖에 없다고 해서요. 가족과도 통화가 안 된다고 하고……."

"답답하네."

팀장이 내 말을 자른 뒤 한숨을 쉬었다. 그리고 몇 초간 아무 말도 하지 않았다.

"사람이 죽었다니까 어쩔 수 없지만. 눈치껏 하세요."

전화기에서 진동이 느껴졌다.

"연차 신청서 제출해야 하니까 세부 내용은 문자로 남겨 놓으세요."

팀장이 말했다.

"예. 알겠습니다. 죄송합니다."

내 말이 끝나자 팀장이 전화를 끊었다.

팀장과 통화하는 사이 부재중 전화 한 통과 두 개의 문자가 와있었다. 내가 살고 있던 집주인의 전화와 문자 그리고 저장되어 있지 않은 번호로부터 온 주소였다.

'통화하기 힘드네요. 몇 달째 월세 일부만 보내주시면 곤란해요. 다음 주까지 처리 안 되면 저도 어쩔 수 없어요.'

'죄송합니다. 다음 주가 월급날이라 받는 대로 보내드리겠습니다. 죄송합니다.'

'○○구 ○○로 ○번지' 휴대전화로 주소를 찾아봤다. 내가 살고 있는 곳에서 자동차로 15분 거리였다. 박훈은 나와 멀지 않은 곳으로 사라져 있었다.

박훈과 같이 산 건 작년 1월부터였다.

"영민아 너 언제 이사해?"

"1월 초에 계약이 끝나기는 하는데 연장할지 다른 곳으로 갈지 모르겠다."

"그래? 괜찮으면 나랑 같이 살래?"

박훈이 눈을 크게 뜨고 말했다.

"왜? 뜬금없이."

내가 박훈을 봤다.

"다른 건 아니고, 너도 알다시피 내가 안 좋은 일이 많았잖아. 이제 정신 차리고 살려고 하는데, 알아보니까 여기 사는 데 돈이 많이 들더라. 보증금도 부족하고. 그래서 너만 괜찮으면 방 두 개짜리 구해서 같이 살면 좋을 것 같아서. 얹혀 산다는 건 아니야. 월세는 똑같이 분담하고 관리비는 내가 낼게. 어때?"

"글쎄, 가족들은 어떻게 하고?"

"조금만 기다려 달라고 했어. 더 나빠질 것도 없으니까. 와이프는 알아서 하라고 했는데 눈에서 안 보이면 뭐라도 하는 줄 알겠지."

나는 박훈의 제안에 생각할 시간을 달라고 했다. 박훈은 웃으며 알겠다고 했다. 그리고 그는 신경 쓰지 않아도 된다고 했다.

좋은 조건이었다. 줄어들 월세와 관리비만 계산해 보더라도 박훈과 살아야 할 이유가 충분했다. 집으로 돌아가는 길에 박훈에게 문자를 보냈다. '그렇게 하자. 집은 내가 알아볼게.' 그리고 몇 주 뒤 나는 박훈과 같이 살게 됐다.

나와 산 뒤로 박훈은 막노동을 시작했다.
"나중에 사업하려면 현장 돌아가는 걸 알아야 해. 당분간만 할 거야."
박훈은 쉬지 않았다. 비 오는 날을 제외하고 단 하루도 쉬지 않고 일했다. 끊지 못했던 술은 마시지 않았다. 몇 달 동안 일정했다.
어느 날 박훈이 평소보다 늦게 귀가했다. 그에게서 술 냄새가 났다.
"영민아 늦었지? 오랜만에 술 좀 마셨다. 웃으면 안 되는데 자꾸 웃음이 나네."
박훈이 말했다.
"내일은 일 안 나가냐?"
"내일부터 장마라며. 현장도 며칠 쉰대. 그래서 다 같이 마셨어. 한잔하자. 내가 술 사 왔어."
"안 돼. 내일 출근해야 돼."
"그러지 말고 같이 마시자. 나 일한다고 한동안 안 마셨잖아."

박훈을 쳐다봤다. 술에 취해 웃고 있었다.

"그럼 조금만 마신다."

식탁에 마주 앉아 그가 사 온 맥주를 마셨다. 출근을 이유로 나는 금방 잠자리로 갔다. 그 뒤로도 술 마시는 소리가 계속됐다.

아침이 왔고 나는 출근 준비를 했다. 박훈은 벽을 바라보며 자고 있었다. 신발장에서 우산을 꺼내 들고 집 밖으로 나왔다. 하루 종일 비는 오지 않았다. 일기예보가 틀렸다. 퇴근 후 집에 돌아왔을 때 박훈은 비를 핑계로 술을 마시고 있었다. 나는 샤워를 하기 위해 곧장 욕실로 향했다.

"안주도 없이 먹냐?"

욕실에서 나와 박훈에게 물었다.

"장을 안 봐서."

박훈이 답했다.

내가 냉장고를 열었다. 아침으로 먹을 사과가 몇 개 있었다. 사과를 깎아 그에게 내주었다.

"저녁 사과는 독인데."

박훈이 미소 지으며 말했다.

"그냥 먹어라."

"저녁은 먹었어?"

박훈이 물었다.

"오다가 대충 먹었다."

"너도 마실래?"

박훈이 내게 캔맥주을 들어 보이며 말했다.

"아니. 생각 없어. 일은 그만뒀냐?"

"계속해야 하는데 몇 번 전화를 안 받았더니 이제는 연락도 없네. 내일 소장님한테 가봐야겠어."

"조금만 마셔라. 일찍 일어나야 되지 않냐?"

"괜찮아."

박훈은 술을 마시며 웃었다. 나는 박훈 앞에 앉아 그를 바라보고만 있었다. 박훈이 몇 차례 술잔을 비웠다.

"이거 마셨다고 금방 취하네. 영민아 이거 봐. 와이프랑 딸이야. 귀엽지?"

박훈은 자신의 휴대전화를 내밀어 내게 보여주었다. 손가락으로 사진을 가리키며 딸의 이름을 알려주었다.

"내년이면 중학생이야. 빨리 돈을 모아야 하는데 생각처럼 쉽지 않다."

박훈은 말없이 가족의 사진을 바라봤다.

"영민아 군대 있을 때 얘기해줄까?"

박훈이 나를 보며 말했다.

"또 군대 얘기냐. 나도 군대 갔다 왔다."

"들어봐. 그나마 내가 사람 구실할 때잖아. 그때 빼면 할 만한 얘기도 없어. 아무튼 군대 훈련소에 있을 때 몇 주차였더라. 잘 기억은 안 나는데 야간 훈련이 끝나고 막사로 돌아올 때였을 거야. 우리 중대 옆 막사에 콘보이 차가 잔뜩 있더라고. 다들 구경하느라 천천히 걸으니까 조교들이 빨리 복귀하라고 재촉하더라. 어쩔 수 없이 막사로 오기는 했는데 당연히 무슨 일인지 너무 궁금했어."

박훈이 말을 멈추고 맥주를 마셨다. 그리고 말을 이어갔다.

"그날은 그렇게 지나가고 아침에 훈련병 한 명이 자살했다는 얘기가 돌기 시작했어. 목매달아 죽었다는 거야. 그래서 내가 전투화 끈으로 죽은 거 아니냐고 물어봤거든? 내 앞에 앉아 있던 동기가 그건 아니라고 말했어. 그 뒤로 우리끼리 그 훈련병이 어떻게 죽었는지 추측했는데, 지금 생각해 보니 재미로 그랬던 것 같아. 아침 식사가 끝날 시점에는 다들 그 얘기에 흥미를 잃어버렸거든. 웃기지?"

박훈이 말을 멈추고 한숨을 쉬었다.

"아무 생각 없이 내무실에 앉아있을 때, 조교가 오더니 야상 맨 끝에 끼워놓은 줄을 다 빼라고 지시했어. 직감적으로 알았지. 어제 그 훈련병이 어떻게 죽은 건지. 그때부터 훈련병들 야상에는 줄이 하나도 없게 됐어."

빨간 얼굴을 한 박훈이 다시 말을 멈추고 어딘가를 응시했다.

"분명 처음에는 두 개 같았는데. 군대에서 죽음에 대한 애도는 그렇게 하는 거였나봐. 몇 주 뒤에 우리는 퇴소했어. 나는 그런 일이 있었는지도 모르게 잊어버렸어."

박훈이 연거푸 술을 마셨다. 그동안 우리는 아무 말도 하지 않았다. 나는 팔짱을 낀 채 몸을 뒤로 젖혔다.

"나도 아는 사람들한테서 그런 취급당할까? 아니겠지? 그래도 네가 내 장례식은 해줘야 해."

"취했냐. 그만 마시고 자라."

박훈이 웃었다.

"이것만 다 마시고."

"참. 이번 달 월세 내야 돼. 난 잔다."

내 말에 박훈이 고개를 끄덕였다.

다음 날 같은 시각 내가 출근할 때에도 박훈은 여전히 벽을 보며 자고 있었다. 밖으로 나오자 비가 내리고 있었다. 장마가 시작됐다.

벨을 누르고 몇 분 뒤 배가 불룩하게 나온 중년의 남자가 까만 철문을 열었다. 미간은 찌푸려 있었고 알 수 없는 냄새가 풍겼다. 남자는 분무기를 왼손으로 바꿔 잡은 뒤 내게 누구냐고 물었다. 모르는 사람이 이곳 주소를 알려주어서 왔다고 했다.

"혹시 박훈 씨 때문에 왔습니까?"

"아마도요."

모호한 대답에 안쪽의 남자가 내 눈을 쳐다보았다. 몇 초 뒤 남자는 자신의 육중한 몸을 어둠 속에 담아 내가 지나갈 수 있도록 공간을 비웠다. 나는 그에게 목례를 하고 건물로 들어갔다. 내가 완전히 실내에 안착하자 남자는 열려있던 문을 당겼다. 내 뒤로 쇳소리가 들렸고 문이 닫혔으며 밖의 소음은 차단되었다. 정체 모를 냄새를 뒤집어쓰고 있던 남자는 나를 지나쳐 계단을 오르기 시작했다. 나는 말없이 그를 따라 계단을 걸어 올라갔다.

밟고 올라선 계단이 누적될수록 시큼한 냄새는 진해졌다. 그럼에도 나와 그는 층계를 올라야 했다. 계단이 끊긴 지점, 건물의 맨 위층에 도착했다. 남자는 쥐고 있던 분무기를 창문 난간에 놓은 뒤 자신의 바지 뒤에 꽂혀있던 하얀색 마스크를 빼내 썼다. 그리고 몇 발짝 더 앞으로 걸어가 덕트 테이프로 밀봉해둔 회색 문 앞에 섰다. 이내 양팔을 들어 테이프를 떼어내기 시작했다.

"오늘 아침에 붙여놓은 겁니다. 수사관들이 필요한 조사는 다 했고, 증거가 될 만한 물건들도 모조리 가져갔습니다. 냄새가 밖으로 새어 나가지 말라고 붙였습니다. 마스크나 뭐 가릴만한 건 가져왔습니까?"

남자는 나를 쳐다보지도 않고 혼자 떠들어댔다. 나는 그의 수다가 멈추길 기다리며 햇빛이 쏟아지는 창밖을 봤다. 얼마 뒤 그의 말이 멈추었고 나는 고개를 돌려 정면의 남자를 응시했다. 남자의 거대한 몸 위로 땀이 쏟아졌다. 남자의 바지 주머니는 떼어낸 테이프로 불룩해져 있었다. 나는 물에 젖은 눈사람 꼴을 한 그가 우스웠다. 새어 나오는 웃음을 참지 못해 작은 소리를 냈다. 하지만 그 남자는 반응하지 않았다. 테이프를 다 떼어내자 남자가 다시 분무기를 집어 들었다.

"들어갑시다."

남자가 회색 문을 세차게 당겼다. 뜨거운 바람과 함께 한 번도 맡아보지 못한 역한 냄새가 내게 쏟아졌다. 앞의 남자가 처음부터 두르고 있었던, 이 건물 전체에 진동하고 있던 악취였다. 환기차 열어둔 방 안의 창문을 선회해 복도로 들어온 그 냄새이기도 했다. 나는 곧장 티셔츠를 당겨 숨 쉴 수 있는 모든 부위를 가렸다. 내 앞의 남자는 쉬지 않고 허공에 분무기를 쏘아대고 있었다.

"탈취젭니다. 큰 효과는 없는데 안 하는 것보다는 나아서 하는 겁니다. 당신이 가고 나면 청소업체를 불러야겠습니다. 올해만 이게 벌써 몇 번째인지. 도대체 왜 이러는지 모르겠습니다."

그는 거친 숨을 쉬며 말했다.

"필요한 게 있는지 잘 찾아보시기 바랍니다. 난 가겠습니다."

남자는 명함을 내게 건넨 뒤 투박한 소리를 내며 시야에서 사라졌다. 그사이 내 몸 구석구석 악취가 스며들었다. 역했다. 생선 가게에서 버린 생선 내장이 며칠 동안이나 고스란히 햇빛에 익혀지고 그 위로, 그 안으로 썩어가는 냄새가 바람을 타고 덮치는 그런 냄새였다. 그보다는 그 냄새를 하수구에 처박아 오물과 뒤섞은 뒤 가스와 함께 뿌려대는 냄새의 원천으로 기어들어 가는 느낌이었다. 구역질이 올라왔다. 얼굴의 절반 이상을 옷으로 가렸지만 견딜 수 없었다. 냄새에 익숙해지지 않았다. 악취 속에 담겨있던 나는 요란하게 건물 밖으로 뛰어 내려왔다. 건너편 건물의 그림자에 숨어 가쁜 숨을 몰아쉬었다. 어느 정도 진정이 되자 구부렸던 몸을 폈다. 뜨거운 여름이었다.

  편의점으로 갔다.
"방진 마스크 있습니까?"
내가 얼굴을 찡그리며 말했다.
"바로 뒤 선반 아래쪽에 있어요."
직원이 코를 가리며 답했다. 물과 마스크 하나를 들어 계산대에 올려놨다. "3천 원입니다. 포스가 고장 나서 현금결제 부탁드립니다. 지금 고치고 있는데 시간이 조금 걸리네요."
직원이 말했다.
지갑에서 돈을 꺼내 직원에게 건넸다. 마스크와 잔돈을 돌려받은 뒤 카운터에서 몇 걸음 물러났다. 차가운 물을 겨드랑이에 꼈다. 잔돈을 넣기 위해 다시 지갑을 열었다. 지갑에는 미리 인출해 둔 부조금이 있었다. 그러다 장례식 비용이 필요하다는 생각이 스쳤다. 하지만 박훈의 가족 대신 내가 장례를 치를 이유는 없었다. 경찰서에서 확인할 수 있을 만한 것이었다. 쓸데없이 앞서갔다는 생각이 들었다. 나는 밖으로 나와 방금 산 차가운 물을 마셨다.
모르는 번호로 전화가 왔다. 어젯밤 통화한 남자였다. 어디냐고 물어왔다. 알려준 주소 인근의 편의점이라고 답했다. 그가 금방 가겠다고 말하고 전화를 끊었다. 몇 분 뒤 한 남자가 편의점 근처로 왔다. 나와 그는 목례를 했다. 남자는 묻지도 않은 말을 내게 퍼붓기 시작했다. 박훈과 관계되는 모든 정보를 내게 넘기고 도망칠 준비를 하는 듯했다.

"박훈 씨와 잠깐 같이 일했던 사람입니다. 며칠 전부터 연락이 안 돼서 어젯밤에 가보니 그렇게 됐습니다. 경찰이 와서 조사는 다 했습니다. 박훈 씨 전화기에 연락처가 많지 않았습니다. 먼저 박훈 씨 와이프 번호로 전화를 걸었지만 없는 번호라고 나와서 어쩔 수 없이 선생님께 연락을 드렸습니다."

"어떻게 죽었다고 합니까?"

내가 그의 말을 끊으며 물었다.

"내가 보기에는 자살 같았습니다. 조사관도 그렇다고 했습니다. 처음 박훈 씨 집에 갔을 때 목을 매달고 죽어있었습니다. 꼴이 말이 아니었습니다. 건물 주인에게 선생님이 오실 거라고 말해두었는데 만났습니까?"

남자가 물었다. 뚱뚱한 남자가 관리인이 아니고 건물주였다는 생각과 함께 고개를 끄덕였다.

"집주인도 참 안됐습니다. 앞으로 경찰이 선생님께 전화할 겁니다. 내가 알고 있던 건 모두 경찰에게 얘기했습니다.

선생님도 궁금한 게 있으면 경찰서에 물어보시기 바랍니다. 난 더 이상 신경 쓰고 싶지 않습니다."

남자가 몸을 돌렸다.

"참. 시신은 의료원 장례식장에 있습니다. 부패가 심해서 바로 옮겼습니다. 어쨌든 난 갑니다. 시간 되면 장례식장에 한번 들르겠습니다."

그는 말을 마치고 내게서 사라졌다.

박훈의 방으로 가기 위해 건물로 향했다. 철문은 닫혀있었다. 주인에게 전화하기 위해 휴대전화를 꺼냈을 때 건물에서 한 여인이 코를 가린 채 뛰어나왔다. 나는 문이 닫히기 전 건물로 들어갔다. 건물 안의 좋지 않은 냄새가 조금 더 진하게 파고들었다. 마스크를 꺼내 얼굴에 밀착시켰다. 다시 계단을 거쳐 회색 문을 열고 박훈의 방으로 들어갔다.

방을 둘러봤다. 치우지 않은 방은 박훈만을 밀어내고 마지막 그대로 고정된 것처럼 보였다. 입구 왼쪽의 플라스틱 신발장에는 흙먼지 묻은 워커 한 켤레, 낡은 운동화와 슬리퍼가 놓여있었다. 그 옆 주방의 싱크대에는 씻지 않은 냄비와 수저가 가득했다. 몇 걸음 걸어 박훈의 방 중앙으로 들어섰다. 박훈이 사용하던 프레임 없는 매트리스 주변에는 마시다 만 술병 몇 개가 나란히 세워져 있었다. 그것이 박훈이 남긴 전부였다.

쭈그려 앉아 천천히 빈방을 탐색했다. 회색 먼지더미 속에 구겨진 종이 한 장이 섞여 있었다. 자리에서 일어나 구석으로 가 종이를 집어 들어 펼쳤다. 전화번호 하나, 번호의 주인으로 보이는 이름과 수십 개의 ×자 표시가 가득했다. 뒷장에는 다음과 같이 적혀있었다.

신의 가호가 있기를.
얼마나 아름답고 비참하며 무책임한 말인가.

전화가 왔다. 경찰이었다. 내 신원을 확인하더니 넘겨줄 물건이 있으니 경찰서로 오라고 했다. 나는 알겠다고 했다. 종이를 접어 뒷주머니에 넣은 뒤 밖으로 나와 택시를 타고 경찰서로 향했다. 박훈의 가족들에게 빨리 이 일을 넘기고 싶었다. 택시기사는 목소리를 가다듬더니 창문을 모두 내렸다.

경찰서에 도착해 전화한 경관을 찾았다. 안내를 받고 그 경관에게 갔다. 신원을 밝히자 경관은 내게 의자를 내주었다. 내가 의자에 앉자 경관은 책상 아래에서 종이 가방 하나를 들어 나에게 넘겨주었다.

"박훈 씨 방에서 가져온 물건입니다. 특이사항은 없습니다. 가져가셔도 됩니다."

"박훈 씨 가족과는 연락이 됐나요?"

"못 했습니다. 방에서 나온 전화기에 저장된 번호가 딱 두 개였는데 하나는 없는 번호였고, 하나가 선생님 번호였습니다."

"가족과 연락이 안 되면 어떻게 되나요?"

"연락이 안 되면 연고자 주소지로 우편 발송을 하고 2주 뒤에도 특이사항이 없으면 구청에 인계합니다. 그 뒤는 구청 소관인데 무연고 처리될 겁니다."

"경찰에서 할 수 있는 건 더 없는 건가요?"

"네."

"제가 할 수 있는 것도 없지 않나요?"

"구청이나 동사무소 복지과에 알아보면 박훈 씨 와이프 연락처 정도는 알 수도 있습니다."

"경관님이 하셔도 되는 거 아닌가요?"

"제 관할은 여기 까집니다."

경관이 키보드 두드리는 것을 멈추고 나를 봤다. 나는 알겠다고 답한 뒤 경관이 넘겨준 물건을 들고 경찰서 밖으로 나왔다.

　경찰서 인근 커피숍으로 향했다. 생각을 정리해야 했다. 내가 카운터로 다가가자 계산대 안의 여인이 손가락으로 코를 가렸다. 나는 주문을 하고 구석의 테이블에 자리를 잡았다. 종이 가방을 열어 물건을 꺼냈다. 노트 몇 권과 휴대전화가 들어있었다. 박훈의 전화기를 들어 저장된 전화번호 목록을 확인했다. 경관의 말대로 나와 박훈 와이프의 번호뿐이었다. 내 전화기로 박훈 와이프에게 전화를 걸었다. 없는 번호였다. 그 사이 주문한 커피가 나왔다.
　노트를 펼쳐 읽었다. 이해할 수 없는 의미의 짧은 문장이 대부분이었다. 마지막 노트는 한 페이지에만 메모가 적혀있었다. 반듯한 필기체였다.

　시인이 되고 싶었다. 바다 위에 쏟아진 6시 햇살을, 내 미문을 통해 황금의 빛으로 조형하고, 내 가난을 그 안에 실려 보내고 싶었다. 하지만 꿈은 배를 타고 달아났고, 나에겐 나태함만이 얼굴 위에 두 눈과 귀에 쏟아져 내렸다. 모래 안으로 발목은 깊게 박힌 채 떠나가는 그 하얀 배를 손만 뻗어 그리워했다. 꿈을 담으라는 철학가는 사라졌다. 나태함의 죄악을 이마에 새긴 비천한 사내만이 덩그러니 서있었다. 나의 반항은 내 꿈이 아닌 낙인 없는 자들에게 향했지만, 그들은 내 발끝에 못 박고 영혼이 되살아나는 것마저 거부했다. 그들에게 나의 탄식은 들리지 않았다. 그들은 먼발치에 서서 황금빛 태양은 바라보지도 않고 나를 보며 웃고 있었다.

 정리하고자 했던 생각은 박훈의 메모를 보자 더 복잡해졌다. 우선 박훈의 가족과 통화를 하기로 했다. 그들과 연락이 되지 않는다면, 박훈은 가족이 있음에도 무연고자가 된다. 동사무소에서 박훈 와이프의 정보를 가지고 있기를 기대하는 수밖에 없었다. 차가운 커피를 비우고 짐을 챙겨 밖으로 나왔다. 지나가는 택시를 잡아탄 뒤 집으로 돌아왔다.
 집에 도착하자마자 냄새나는 옷을 벗어 세탁기에 넣고 샤워를 했다. 온통 박훈 생각밖에 들지 않았다. 그러다 바지 뒷주머니에 넣어 둔 구겨진 종이가 떠올랐다. 물기를 닦고 세탁기 안의 바지에서 종이를 찾았다. 휴대전화를 들어 종이에 적힌 번호로 전화를 걸었다. 받지 않았다. 전화를 기다렸지만, 밤이 되도록 회신은 없었다. 나는 잠이 들었다.
 아침이 왔다. 집에서 나와 동사무소로 향했다. 복지 담당

공무원을 찾아 박훈의 일을 설명했다. 공무원은 내게 박훈의 생년월일을 물었다.

"박훈 씨. 말씀하신 분 있네요. 아내 연락처도 있어요."

공무원이 모니터를 보며 말했다.

나는 그녀의 말에 연락처를 알려달라고 했다. 하지만 그녀는 예상 밖의 대답을 했다.

"안 돼요. 개인정보라서 말씀드릴 수 없어요."

"무슨 소립니까? 장례를 치르려면 가족에게 연락부터 해야 하는 것 아닙니까?"

내 목소리가 커졌다.

"선생님 죄송한데 저희도 어쩔 수 없어요."

공무원의 말에 내가 그녀의 눈을 봤다.

"박훈 씨 같은 경우는 한참 동안 연락을 안 하고 있던 것으로 보여요. 가끔 이분처럼 가족들과 연락을 끊고 지내시는 분들이 계세요. 전에도 선생님처럼 부탁하신 분이 있어서 알려드린 적이 있었는데 많이 곤란했었어요. 정말 운이 나쁘면 저희가 선생님께 정보를 드린 걸로 유족 측에서 소송을 걸 수도 있어요. 그리고 윗선에서도 가급적 일을 만들지 말라고 해서 도와드리기 어려울 것 같아요. 죄송해요."

그녀는 어깨를 으쓱였다. 입꼬리에는 어쩔 수 없다는 웃음이 걸려있었다.

  내가 한숨을 쉬었다. 공무원은 미안하다는 말만 반복했다. 나는 말없이 서있었다. 그러다 바지 뒷주머니에 있는 전화번호가 생각났다. 나는 앞의 공무원에게 전화번호 네 자리만 알려달라고 말했다. 공무원은 말해줄 수 없다고 했다. 이에 내가 번호를 읽을 테니 확인만 해달라고 했다. 공무원은 아무 대답도 하지 않고 모니터를 응시했다. 나는 구겨진 종이에 적혀있던 번호의 마지막 네 자리를 읽었다. 공무원이 고개를 끄덕였다. 나는 공무원에게 인사한 뒤 동사무소 밖으로 나왔다.

  박훈 딸의 전화번호로 추정됐다. 메모의 이름은 박훈과 성이 같았고 그의 와이프 전화번호와 마지막 네 자리가 같았다. 합리적인 판단이라고 결론지었다. 하지만 어제 밤에 그녀는 내 전화를 받지 않았다. 의도적으로 박훈과의 연락을 끊은 것일지도 모른다는 생각이 들었다. 그래도 박훈의 장례를 치러야 했다. 나는 번호를 저장한 뒤 메신저 애플리케이션을 실행시켰다. 친구 추천 목록을 새로 고침하자 번호의 주인이 나타났다. 프로필을 눌렀다. 수십 장의 사진이 기록되어 있었다. 그러나 그녀의 정보를 알 수 있을만한 단서는 없었다. 풍경 사진이 전부였다. 그러다 한 아파트가 담긴 저녁노을 사진이 보였다. 두 손가락으로 사진을 확대했다. 아파트 벽면에 건물의 이름이 있었다.

지도 애플리케이션을 켜고 아파트 이름을 검색했다. 아파트가 있던 지역은 박훈이 결혼해 그의 가족과 살던 곳이었다. 박훈 와이프의 고향이기도 했다. 박훈의 가족은 여전히 같은 곳에 살고 있었다. 박훈의 말대로라면 그의 딸은 중학생이었다. 지도를 확대했다. 아파트 반경 내 중학교는 8개였다. 아파트에서 가장 가까운 학교부터 전화를 걸기 시작했다. 네 번째 학교까지 그런 이름을 가진 학생은 없다고 했다. 그러나 실망이나 분노가 생기지 않았다. 오히려 딸과 통화하는 것이 해결해야 할 퀘스트로 느껴졌다. 즐거웠다. 박훈의 장례는 잊어버렸다. 다섯 번째 학교에 전화를 걸었다. 박훈 딸의 이름을 댔다.

"1학년 학생 중에 있어요. 그런데 무슨 일이시죠?"

상대방의 목소리가 임무를 완수했다는 메시지로 들렸다. 나는 기쁨에 거의 환호성을 지를 뻔했다. 나는 목소리를 가다듬고 말했다.

"박훈이 그 학생의 아버지인데 안 좋은 일이 생겨서 학생과 통화를 해야 할 것 같습니다. 학생 기록부 확인해보면 아버지 이름이 맞을 겁니다."

"지금 수업 중이라 그건 힘들어요. 번호 남겨주시면 학생에게 전달은 해드릴게요."

공무원과 했던 실랑이가 반복될 것 같았다. 솔직하게 말하기로 했다.

"학생 아버지가 죽었습니다. 저는 그 사람 친구입니다. 장례를 치러야 하는데 연락이 안 돼서 이렇게 연락드렸습니다."

상대방은 내 번호를 물은 뒤 박훈의 와이프에게 전달하겠다고 말했다. 그 뒤의 사항은 자기 권한이 아니라고 했다. 내가 알겠다고 답했다.

통화를 마치고 얼마 지나지 않아 모르는 번호로 전화가 왔다. 박훈의 와이프였다. 울고 있었다. 나는 듣고만 있었다. 전화가 끊겼다. 그리고 몇 분 뒤 다시 전화가 걸려왔다.

"어떻게 된 거래요?"

여자가 물었다.

"현장에서 일하다 사고가 났다고 들었습니다."

상대방이 다시 울기 시작했다. 나는 그녀가 진정이 되기를 기다렸다. 다시 몇 분이 지나고 그녀가 진정되자 나는 말을 시작했다.

"장례를 치러야 하는데 전 가족이 아니라 결정할 수 있는 게 없습니다. 오셔서 마무리를 해주셔야 할 것 같습니다."

"학교 선생님이 남편 친구라고 하셨는데 뵌 적이 있나요?"

그녀가 물었다.

"아마 결혼식 때 봤을 겁니다."

"정말 옛날이네요. 혹시 훈이 씨랑 같이 사셨던 분이신가요?"

"네. 훈이가 말하던가요?"

내가 물었다.

"좋은 분이라고 했어요. 늦긴 했지만 남편 잘 돌봐주셔서 감사했어요."

"아닙니다."

나와 박훈의 와이프는 말을 멈추었다.

"이제 어떻게 해야 해요?"

박훈의 와이프가 말했다.

"이쪽 관할 경찰서에 전화하셔서 장례 진행하겠다고 말씀하시면 된다고 합니다. 신분확인을 할 텐데 절차는 저도 잘 모르겠습니다."

"네. 그렇군요. 그런데 장례식 말이에요……."

박훈의 와이프가 주저하는 듯했다.

"사실 제가 벌이가 좋지 않아요. 올해 딸아이가 중학교에 가서 돈 들어갈 게 많아졌어요. 나중에라도 꼭 드릴 테니까 대신 장례 좀 치러주시면 안 돼요?"

"예?"

"친구라면 그 사람 어떻게 살았는지도 잘 아시잖아요. 자기 딸 앞으로 들어놓은 보험금까지 다 해약해서 술 마시는 데 쓴 사람이에요. 어떻게 그럴 수 있어요. 이렇게 죽을 거면 장례비라도 남기고 가야지. 아빠 역할은 제대로 하지도 않고 무책임하게 그냥 이렇게 사라지면 안 되잖아요."

여자가 내게 소리쳤다.

"저도 그러고 싶은데. 솔직히 말씀드리면 훈이가 월세······."

내가 잠시 말을 멈추었다.

"아닙니다. 저도 여유가 없습니다."

우리는 말없이 전화기만 붙잡고 있었다.

"다시 전화하겠습니다."

내가 전화를 끊었다.

박훈과의 동거가 끝난 것은 작년 여름 끝자락이었다. 게으른 가장에게 전환점을 만드는 것은 불가능에 가까웠다. 선택지가 없었던 박훈에게 나와 산다는 것은 자신의 삶을 조금이나마 개편할 수 있는 기회였다. 첫 몇 달은 그의 계획대로 진행되는 듯 보였다. 그러나 박훈은 유혹을 떨쳐내지 못했다. 잠시 근면했던 그는 장마를 핑계로 다시 술을 마셨다. 하루의 절반을 잠으로 지웠고 술로써 밤마저 소거시켰다. 그는 나태함이 침습하도록 용인했다.

박훈의 게으른 모습은 나의 인내에 균열을 냈다. 평소와 같이 내가 퇴근했을 때 박훈은 술에 절어있었다.

"일어나봐."

내가 누워있던 박훈을 흔들어 깨웠다.

"왔어? 오늘도 술 좀 마셨다."

박훈은 평소보다 더 취해 몸까지 가누지 못했다.

"너 계속 이렇게 살래? 6월부터 벌써 세 달째다. 정신 안 차리냐?"

"왜 그래. 내일부터 할게 내일부터. 나도 힘들다 영민아. 좀 봐줘."

박훈이 침대에서 일어나 비틀거리며 내게 소리쳤다.

"네 와이프한테 미안하지도 않냐?"

"네가 무슨 상관이야."

박훈이 나를 밀쳤다.

"사고 쳐서 군대에서 잘린 주제에. 사람답게 살라고 사람답게."

내가 박훈을 밀치며 소리쳤다.

박훈은 벽에 부딪혔고 바닥에 두 다리를 편 채 주저앉았다. 그리고 그는 아무 말 없이 고개를 떨어뜨렸다. 나는 박훈 앞에 쭈그려 앉았다.

"이따위로 살 거면 그냥 꺼져. 와이프한테 안 되니까 이제 나한테 기생하는 거냐. 벌레 같은 새끼."

박훈이 팔을 뻗어 내 손을 잡았다. 웅얼거리고 있었다. 미안하다는 말이 들렸지만 외면했다. 박훈의 손을 뿌리치다 그의 뺨을 때렸다. 박훈이 눈물을 흘렸다. 난 그의 눈물까지도 모른 척했다. 뒤로 돌아 내 방으로 들어갔다. 우리는 각자의 방에서 불면했다.

아침이 왔다. 박훈은 자고 있었다. 사과하려 했지만 그를 깨울 수는 없었다. 저녁에 사과하기로 하고 출근했다. 꺼림칙한 하루였다. 집에 돌아왔을 때, 박훈은 청소를 하고 있었다.

"왔어?"

박훈이 말했다.

"어. 훈아 어제 미안했다."

"뭘? 술을 많이 마셔서 그런 건지 기억이 하나도 안 나.

어제 나 실수한 거 없었지?"

"어? 그럼. 별일 없었어."

"다행이네. 저녁이나 먹자."

종일 찝찝했다.

  박훈은 다시 술을 마시지 않았다. 하지만 그전과 비교해 눈에 띌 정도로 나와 말하지 않았다. 때로는 전화를 하다가도 내가 보이면 자리를 피했다. 얼마 뒤 박훈은 가족에게 다녀오겠다고 문자를 남겼다. 퇴근 후 집에 돌아왔을 때 박훈 대신 봉투 하나가 식탁 위에 놓여있었다. 박훈이 내지 않았던 월세의 절반이었다. 몇 주 후 토요일, 박훈이 나타났다.

"영민아 그동안 고마웠다. 와이프 있는 곳에 좋은 자리가 나서 내려가기로 했어. 나도 이제 가장 노릇 좀 해야지. 그래도 약속한 거니까 월세는 꼭 보내줄게."

  우리는 악수를 한 뒤 이별했다. 나는 박훈이 다시 그의 가족과 잘 지내길 바랐다.

  한동안 박훈은 내게 연락하지 않았다. 나 역시 내 궤도를 돌고 있었다. 박훈의 월세는 정해진 날짜에 맞추어 입금됐다. 하지만 가을이 지나고 겨울이 되었을 때 나의 기대는 무너졌다. 술에 취한 박훈의 전화가 걸려오기 시작했다. 그는 시간에 상관없이 전화를 했다. 주정에 가까운 말이 전부였다. 내게 하소연했고 언제나 통화 끝에는 보고 싶다고 했다. 나는 그의 목소리가 지겨웠다. 피하고 싶었다. 그럼에도 그를 외면할 수 없었다. 내게는 그에 대한 심적인 부채가 남아 있었다. 나의 동정이 그의 전화를 지속시켰다. 나 외엔 누구도 그의 전화를 받지 않았다고 했다. 그의 주정은 봄이 될 때까지 끊이지 않았다. 나는 그가 그의 가족과 같이 살고 있다는 것이 의심스러웠다. 그리고 여전히 직업이 없을 거라는 확신이 들었다. 그가 하는 모든 말이 거짓으로 들렸다.

전화가 반복될수록 그에 대한 부채는 줄어들었다. 결국 나는 그를 외면하기로 했다. 의도적으로 박훈의 전화를 받지 않았다. 그럴 때마다 박훈은 내게 그러지 말라는 문자를 남기기도 했다. 술에 취한 그의 목소리를 듣고 싶지 않았다. 그 뒤로도 박훈의 연락은 지속됐다. 나는 간헐적으로 전화를 받았고, 받을 수 없었다는 거짓말을 하기도 했다. 그에게 가족들을 챙기라고도 했다. 나의 대답에 그는 모두에게 미안하다고 했다. 박훈의 정상적인 모습은 내쳐졌다. 술에 취한 박훈의 전화는 아침에도 걸려왔다. 내게 그의 전화는 부재중 전화가 되었다. 나는 문자에도 답하지 않았다.

어느 날 갑자기 박훈에게 전화를 걸었다. 그가 했던 행동이 어떻게 느껴지는지 알리고 싶었다. 평소 그가 나에게 했듯이 이번엔 내가 낮이었지만 술에 취해 박훈과 통화를 시도했다. 몇 번의 연결음이 들리고 박훈이 전화를 받았다. 그는 맨정신이었다.

"여보세요. 뭐하냐?"

술에 취한 내가 말했다.

"그냥 있어. 너 술 마셨어?"

그가 물었다.

"그래. 마셨다. 어쩔래. 넌 웬일로 멀쩡하냐."

"내가 매일 술만 마시는 줄 알아."

"그런 놈 아니었냐. 시도 때도 없이 술 먹고 전화해놓고 모른 척하네."

"술 취했으면 조용히 잠이나 자. 이럴 거면 전화하지 마."

그가 말했다.

"웃기고 있네. 야. 너나 잘해. 내가……"

말하는 도중에 그가 전화를 끊었다. 절반은 성공했다는 느낌이 들었다. 하지만 그 뒤로 박훈은 내게 전화하지 않았다. 그는 나로부터 단절했고 침묵에 빠져들었다. 장마가 다시 시작됐다.

"장례는 치르실 겁니까?"

내가 다시 박훈의 와이프에게 전화를 걸은 뒤 말했다.

"그래야죠. 그래도 마지막인데."

여자가 답했다.

"그러면 제가 장례식장에 가서 최대한 간소화하는 방향으로 물어보겠습니다. 그다음에 다시 통화하시죠."

"네."

"이따 연락드리겠습니다."

내가 전화를 끊었다.

택시를 타고 장례식장으로 이동했다. 장례식장에는 박훈의 빈소만 차려져 있었다. 사무실로 이동해 담당자를 찾았다. 그에게 목례를 한 뒤 박훈의 와이프에게 전화를 걸었다. 그녀가 전화를 받자 장례식장 담당자에게 휴대전화를 건넸다. 박훈의 아내와 통화를 마친 장례 담당자는 경찰서로 연락을 했다. 다시 경관과 박훈의 아내가 통화를 했다. 공적인 절차가 마무리 되었다. 마지막으로 내가 박훈의 아내와 통화를 했다. 그녀가 내게 장례식을 부탁한다고 말했다. 장례식은 2일 장으로 결정됐다.

"비용은 얼마나 됩니까?"

내가 장례 담당자에게 물었다.

"제사는 최소로 하고 제수용품 비용, 사용료 다 합치면 150만 원 정도 나올 것 같네요."

밀린 월세, 장례식 비용을 합치면 350만 원. 그리고 박훈이 살던 집 청소비. 박훈은 나에게 400만 원의 손해를 남기고 죽었다. 하지만 내게는 돈이 없었다. 누군가에게 빌려야만 했다. 성실하게 살았다고 자부했지만 나는 박훈의 죽음 앞에서 할 수 있는 게 아무것도 없었다. 장례식장 밖으로 나와 몇 차례 숨을 크게 쉬었다.

뚱뚱한 남자가 계단을 올라오고 있었다. 박훈이 살던 건물의 주인이었다. 그는 어제만큼 땀을 쏟아내고 있었다.

"왜 나와 계십니까?"

남자가 물었다.

"예. 생각할 게 있어서요."

"장례 준비하시느라 바쁘겠습니다."

"여긴 어떻게 알고 오셨어요?"

"이젠 익숙합니다. 지금쯤 어디 계실지 예상이 되거든요. 참 이거."

남자가 땀을 닦으며 하얀색 봉투를 내밀었다.

"아직 장례 준비가 안 돼서요. 부의금은 조금 이따 부의함에 넣어주세요."

"그랬으면 좋겠지만 이건 박훈 씨 보증금입니다."

내가 봉투를 쥔 남자의 손과 눈을 번갈아 봤다. 더웠다. 앞의 남자처럼 이마에서 땀이 흘렀다.

"집 청소비랑 관리비 제외하고 500만 원 조금 안 됩니다. 장례는 잘 치르기 바랍니다. 절이라도 한번 하고 가야 하는데 바빠서 이만 가봐야겠습니다."

남자는 내게 박훈의 돈 봉투를 넘겨주었다. 그리고 그는 계단을 지나 내 시야에서 사라졌다.

나는 장례식장 입구에 혼자 서있었다. 뜨거운 바람이 몰려왔다. 눈을 감았다. 남자가 건네준 돈 봉투를 세게 움켜쥐자 쉽게 찌그러졌다. 그 순간 내 얼굴은 일그러졌고 빨갛게 달아올랐다. 흐르던 땀은 쏟아지기 시작했다. 세차게 고함을 내질렀다. 건물이 흔들렸다. 언제부턴가 내 안에서 시큼한 냄새가 났다.

… 5

불 꺼진 나의 집

빗방울이 일정하게 창을 두드렸다. 그 소리는 바람을 타자 불규칙한 소음이 되었다. 창이 세차게 흔들렸다. 나는 눈을 뜨고 불투명한 시선으로 천장을 응시했다. 정돈된 방은 창백했다. 나는 몸을 일으켜 침대 끝에 걸터앉았다. 차가운 바닥에 내딛는 발소리가 나를 맴돌다 사라졌다. 알람이 울렸다. 팔을 뻗어 알람을 껐다. 나는 지난밤 바닥에 팽개친 가운을 걸치고 주방으로 향했다. 냉장고를 열어 새 물병을 꺼내 포트에 물을 따랐다. 물병을 내려놓고 포트의 가열 버튼을 눌렀다. 나는 가만히 서서 내 생각에 빠졌다. 외면했던 아내의 모습이 떠올랐다. 그녀는 무표정한 나를 두고 떠났다. 그녀는 마지막까지 나를 곤혹스럽게 했다. 나는 아내의 행동이 이해되지 않았다. 포트의 가열 버튼이 딸각거렸다. 포트 밖으로 수증기가 쏟아졌다. 나는 찬장에서 홍차 티백을 꺼내 컵에 담갔다. 포트를 들어 빈 잔에 물을 채웠다. 맑은 물이 붉은빛을 삼키기 시작했다. 나는 차를 들고 식탁 의자에 앉았다. 나는 막 우려낸 홍차를 마시며 한 손으로 일정하게 탁자를 두드렸다.

나는 우연히 아내가 한 남자를 사랑하고 있다는 사실을 알게 되었다. 그들이 어떠한 과정을 거쳤으며 무엇을 했는지 모두 알고 있었다. 나는 혼자 먹는 저녁 식탁에서 그녀의 외투 깊이 스며든 타인의 냄새를 맡았다. 침대의 반쪽은 내가 일어나기도 전에 정돈되어 있었고, 그곳의 온기는 사라져 내 손끝에 닿지 않았다. 장을 볼 때면 내 주변에서 침울한 표정으로 서있던 아내의 침묵을 들었다. 그리고 그녀의 뒷모습을 바라보던 거울 속의 나를 봤다. 하지만 나는 가족을 깨고 싶지 않았다. 때가 되면 그녀가 다시 돌아올 거라 믿었다. 그랬기에 알면서도 모른 척했다. 동시에 나는 그녀를 증오했다. 내 안부를 묻는 그녀의 입과 눈빛과 목소리가 역겨웠다. 그녀와 마주할 때면 언제나 통제할 수 없는 분노에 휩싸였다. 그럴수록 아내를 외면했고 모른 척했다. 아내는 점점 내 시야 밖으로 벗어났다. 그녀는 떠났다. 어느새 내

불편한 감정이 흩어졌다.

　창밖의 가로등 불빛이 방 안으로 스며들었다. 의자에서 일어나 옷을 갈아입고 외투를 꺼냈다. 나는 공용 엘리베이터를 통해 지하 주차장의 자동차로 이동했다. 그리고 차를 끌고 밖으로 나왔다. 새벽 거리에 사람들이 보이지 않았다. 간혹 자동차만이 주변을 어슬렁거렸다. 자동차의 불빛이 비를 비추었다. 하늘은 먹구름으로 가득했다. 창을 내렸다. 차가운 공기가 휘몰아쳤다. 한숨을 쉬어 공기를 밀어냈다. 빗방울이 자동차 안으로 떨어졌다. 다시 창을 올렸다. 자동차는 점차 외곽으로, 사람들의 발이 닿지 않는 곳으로 빠져나갔다. 내 앞으로는 어둠이, 내 뒤로는 빛이 교차하는 지점에 차를 세웠다. 그녀가 내게 남긴 말이 떠올랐다.

　도대체 당신은 어떤 사람이야.

　짙은 눈이 내렸다. 창에 쌓인 눈을 쓸어내렸다. 가로수가 고개를 숙였다. 상점의 열린 문으로 공기가 뿜어져 나와 눈과 뒤섞였다. 나는 속도를 늦춰 눈 쌓인 도로를 더듬었다. 나는 그녀와 자주 다니던 카페로 차를 돌렸다. 카페가 내 시야에 들어왔다. 나는 길가에 자동차를 세웠다. 조용한 자동차에서 그녀와의 첫 만남을 떠올렸다. 나는 카페 창가에 앉아 있던 그녀에게 다가가 고백했다. 따분한 일상에서 벗어나기 위한 충동이 나를 그녀에게 이끌었다. 그녀는 쉽게 나를 받아주었다. 그리고 연애는 나의 예상보다 오랫동안 지속됐다. 그사이 흥분은 사라지고 무료함이 밀어닥쳤다. 나는 또 다른 감정의 선동이 절실했다. 나는 어쩔 수 없이 그녀에게 청혼하기로 했다. 더불어 **남들도 그렇듯** 아름다운 여인과의 결혼은 남자에게 있어 우월함의 방증이라고 생각했기에 불가피한 선택이기도 했다. 나는 그녀가 필요했다. 나는 석양이 지는 바닷가에서 그녀에게 고백했다. 「바람을 등지고서도 당신의 향기를 맡을 수 있고, 해를 마주 바라보고 있어도 당신의 눈을 읽을 수 있어.」 나는 누가 보아도 로맨틱하고, 설득력 있는 말로 내 진심을 감췄다. 덧붙여 나는 그녀와의 관계는 영원할 거라고 둘러댔다. 그녀가 내 말을 어떻게 생각하는지는 중요하지 않았다. 내게 보인 그녀의 눈물이 증거였다. 내 말은 효과적이었다. 나는 다른 사람들처럼, 울고 있는 그녀를 안았다. 나의 행동에 그녀는 웃었고, 그날을 기억하고 싶다며 사진으로 담았다. 나는 그녀가 하자는 대로 해줬다. 나중에 그녀에게 사랑한다고까지 말했다. 사랑한다는 단어가 정확히 어떤 의미인지 이해되지 않지만, 사람들은 그 말을 좋아했다. 어쩔 수 없었다.

주변 사람들의 반응에 한동안 내 흥분은 가시질 않았다. 결혼은 생각보다 즐거웠다. 가끔 그녀의 행동이 내 인내심을 자극했으나 사소한 임무를 해결하기 위한 하나의 장애물 정도로 여겼다. 나는 천천히 그녀를 내 통제 영역 안으로 가두었다. 그녀는 점차 내게 순종했다. 아이러니하게도 그때부터 나는 또다시 지루해졌다. 안달 나기 시작했고 아내가 하는 청소, 요리, 칫솔질, 모든 것들이 못마땅했다. 아무것도 하지 않으면서 평가하고 지시했으며 비아냥거렸다. 하지만 내게는 풀어야만 하는 응어리가 남았다. 안으로 오그려 놓았던 교묘한 통제가 밖으로, 회사로 흘러 나갔다. 나는 사람들에게 동정받기를 원했다. 끊임없이 아내를 험담했고 나를 지어냈다. 우습게도 내가 다른 곳에 몰두하는 동안 아내에 대한 통제는 느슨해졌다. 내 말을 듣고 따르는 아내의 모습에서 여전히 잘 관리되고 있는 듯한 착각이 들었다. 하지만 그녀와 나의 거리는 나만 모르게 벌어졌다. 내가 어떻게 할 겨를도 없이 그녀는 나만의 다짐을 깼다. 그리고 내 통제 밖으로 스스로 사라졌다. 그녀는 끈마저 잘라냈다. 나도 그래야 했다. 그녀와 함께했던 과거는 불필요했다. 나는 단 하나의 사진도 남김없이 모조리 지웠다. 내가 가지고 있는 그녀의 사진은 그녀와 그 남자의 훔쳐낸 대화뿐이었다.

　자동차에서 나와 카페로 향했다. 눈은 더욱 짙어졌다. 나는 카페 밖에서 뿌연 창을 바라보다 오른편으로 걷기 시작했다. 심야 영화를 봤던 극장과 자그마한 식당들, 산책하던 길과 공원을 지나쳤다. 건물의 뒤편으로 걸었다. 골목으로 숨어들었다. 눈보라가 앞을 가렸다. 내리는 눈부터 피해야 했다. 나는 지하도로 뛰어 내려갔다. 달라붙은 눈이 나에게서 떨어져 나갔다. 옷이 축축했다. 혼자서 지하도를 따라 걸었다. 걸을수록 해야 할 일이 늘어가는 기분이 들었다. 긴 지하도는 집 밖으로 나온 사람들로 메워지고 있었다. 내게 그들의 발걸음과 속삭이는 목소리가 선명하게 들렸다. 나와 무관한 소음이었지만 나를 고취하기에 충분했다. 술이 마시고 싶었다. 나는 다시 눈 내리는 지상으로 달려 나갔다. 눈은 더욱 두꺼워졌다. 내 두 눈에 그녀가 가장 좋아했던 식당이 보였다. 나는 식당으로 들어가 주인에게 인사했다. 나는 아침 대신 술을 달라고 말했다. 주인이 나를 달랬다. 나는 양손으로 얼굴을 가렸다. 입 밖으로 흘러나오는 웃음으로 온몸이 전율했다.

　몇 달이 지나 그녀에게서 만나자는 연락이 왔다. 나는 한 카페에서 그녀를 만났다. 그녀는 나와의 결혼 생활 대부분을 아름답게 채색한 그림처럼 묘사했다. 그 안에서 그녀에게 나는 좋은 사람이었다. 그런데 그녀는 그런 나를 두고 왜 떠났을까 궁금했다.

"당신은 행복했던 적이 없는 것처럼 보여요. 나 때문인 걸 알아요. 그래도 내가 떠난 뒤에는 웃을 수 있으면 좋겠어요."

그녀가 나를 달랬다.

"당신은 괜찮아 보이는군."

내가 커피를 마시며 말했다.

"당신은 참……. 가여운 사람이네요."

"무슨 뜻이야?"

내가 눈을 치켜떴다.

"아직도 당신은 다른 사람이 어떤 기분인지 알아채지 못하네요."

"꼭 그래야 해?"

"처음에는 일부러 모른 척하는 줄로만 알았는데 이제야 알겠어요. 당신은 다른 사람의 마음을 몰라요. 하긴 애초에 관심도 없는 사람이었죠. 그 남자를 어떻게 만났는지 왜 그런 건지 궁금하지도 않아요? 내가 그 남자를 만난 지 얼마 지나지 않았을 때, 당신도 그걸 알고 있었다는 거, 그리고 그런 당신을 나도 알고 있었어요. 당신이 그 사실을 알았다면 내게 화내길 바랐어요. 당신에게 용서를 구하고 우리 아이가 죽기 이전처럼 당신 눈을 보며 이야기하고 싶었어요. 그때에도 여전히 나는 당신을 사랑하고 있었어요. 하지만 당신은 단 한 번도!"

하품이 나오는 걸 겨우 참았다. 집중이 잘되지 않았다. 나는 팔짱을 낀 채 탁자에 시선을 고정했다. 그리고 오른쪽 다리를 떨었다. 그때부터 아내가 무슨 말을 하고 있었는지 완전히 놓쳐버렸다. 기억에서 아내의 말을 끄집어내려 애썼지만, 흔적조차 남아있지 않았다. 그러다 무엇이든, 아내가 뭐라고 하든 아무 말도 하지 않으면 괜찮을 거라는 생각이 들었다. 다시 아내의 말을 따라갔다. '왜 저렇게 화를 내는 거지' 아내가 이해되지 않았다.

"아무 일도 없었던 것처럼 말하고, 나는 바라보지도 않고 혹여나 내가 울기 시작할까봐……."

아내가 깊게 숨을 내쉬었다. 그녀는 테이블에 놓인 차를 한 모금 마신 뒤 의자에 깊게 몸을 파묻었다.

"우리 아이 죽고 난 뒤에 나만큼 당신도 힘들었을 거란 거 알아요. 당신은 단 한 번도 내 아이를 인정하지 않았지만, 그래도 함께라면 버틸 수 있을 거라고 믿었어요. 그런데 당신은……."

내가 아내를 바라보자 그녀는 창가로 고개를 돌렸다. 그리고 한 손으로 흐르는 눈물을 닦아냈다. 몇 분 뒤 진정이 됐는지 아내는 자신의 전화기를 꺼내 내게 보여주었다.

> 판매합니다: 아기 신발. 한 번도 신지 않았어요.[*]

내가 알 수 없다는 표정을 지었다. 솔직히 알고 싶지 않았다. 아내가 수다스럽게 말했다. 내 눈이 무거워졌다. 나는 다시 한번 아내의 말을 놓쳤다. 그나마 내가 기억하는, 불륜에 대한, 그녀의 항변을 간추리자면 아이를 잊기 위해 온라인 상점에 아이 용품을 판매하기로 했었고, 그곳에서 그 남자를 만났으며 그가 내 아내를 달래주었다고 말했다. 참, 그 남자도 아이를 잃었다고 했다. 그렇다고 그 둘이 불륜인 건 변하지 않는다.

"한 번만 안아주지 그랬어요."

그녀가 가방에서 사각봉투를 꺼내 테이블에 올려놓았다.

---

[*] For sale: Baby shoes. Never worn. 해당 문장과 관련하여 어니스트 헤밍웨이의 일화로 소개되고 있으나 불분명함.

나는 봉투를 열었다. 그곳에는 사망신고 미이행 과태료 고지서가 들어 있었다.

"사망신고는 당신이 해줘요……. 몇 번 신고하러 갔다가 못 했어요. 처음 신고하러 갔을 때……, 아이 이름을 써넣었었는데……, 그게……, 내 눈에 콱 박혀버렸어요. 이제 내가 당신을 떠나면……. 당신이 대신해요."

"언제까지 해야 하는데?"

내 질문에 아내가 자리를 박차고 일어났다.

"당신은… 사람도 아니야."

아내의 말에 나는 그녀를 올려봤다. 오늘 처음으로 그녀와 시선이 마주쳤다. 그녀의 두 눈이 반짝거렸다. 나는 다시 시선을 내렸다. 가방을 움켜쥔 그녀의 손이 떨리고 있었다.

"아니에요. 이제 우리 일은…… 당신이 다…… 가져가세요!"

그녀는 카페를 떠났다. 배가 고팠다.

"딸입니다. 축하드립니다."

두 달 뒤 축복은 불행이 되었다.

"기형아 검사 결과가 좋지 않습니다."

의사가 말했다.

"무슨 뜻인가요?"

아내가 물었다.

"지난번 산모님 혈액 검사 기억하시죠? 표지물질 측정값에서 태아 다운증후군 확률이 65% 정도로 나타났습니다. 아직 임신 초기이고 확정은 아니니 6주 정도 뒤에 재검해보시죠."

시간이 지날수록 아내의 조바심은 커졌고 아이의 문제는 사실이 되었다.

"1, 2차 혈액검사, 정밀 초음파 검사 결과 다운증후군 확률이 99.5%로 나타났습니다. 그리고 심장 기형도 발견되었습니다."

의사가 말했다.

"0.5%는 아닐 수도 있지 않나요?"

아내가 떨리는 목소리로 말했다. 의사는 모든 검사 결과가 같다고 말했다. 그 뒤로 아내는 병원을 바꿔가며 검사를 받았다. 하지만 달라질 건 없었다. 나는 혼자서 의사를 찾아갔다.

"아이를 지우고 싶습니다."

"낙태는 불법입니다."

의사의 말에 나는 천장에 걸려있던 조명을 응시했다. 준비한 질문 중에 무엇을 말해야 할지 결정이 서지 않았다. 나는 한 손으로 턱을 받치고 고민했다.

"부인과 합의된 상황입니까?"

의사의 질문에 나는 고개를 저었다. 조명이 너무 밝았다. 의사의 얼굴이 흐릿했다. 나는 내 앞의 실루엣 어딘가를 주시했다. 상담실 안은 고요했다. 침묵을 깬 건 의사였다.

"태아가 이렇게까지 큰 상태에서 낙태하는 경우 산모도 위험합니다. 그래도 하시겠습니까?"

의사는 내게 고대하던 질문을 했다. 나는 선택권을 얻었다. 나는 준비한 답을 말했다.

"결정권은 부모에게 있는 게 맞습니다. 그리고 저는 크게 신경 쓰지 않습니다. 어떻게든 되겠죠."

의사가 나를 노려봤다. 의사는 아내와 상의하라고 말했다. 상담을 마치고 지하 주차장으로 내려왔다. 나는 자동차에 앉아 아이에 대해 생각했다. 고심할수록 아이의 모습은 일그러졌다. 하필이면 왜 내가 그 아이의 아버지일까. 나는 자동차에 시동을 걸고 내 생각에서 빠져나왔다.

"지우자."

아내가 고개를 저었다.

"어떻게 할 건데? 정상적인 애 키우는 것도 힘든데, 장애 있는 애라는 걸 알고도 낳자고?"

내 말에 아내가 고개를 끄덕였다.

"얘는 우리에겐 지옥이야."

아내가 고개를 들어 나를 봤다. 아내의 입술이 떨렸다.

"그런 말 하지 말아요. 우리 아이잖아요. 잘 키울 수 있어요. 여보, 그러니까……."

아내는 눈물을 참으며 말했다. 내 미간이 찌푸려졌다.

"우리가 행복하게 해주면 돼요. 결혼하면 나를 위해 최선을 다하겠다고 약속했잖아요. 그 말 나 대신 아이에게 주세요. 우리 유산하고 어렵게 가진 아이잖아요. 부탁할게요."

아내가 내 손을 잡았다. 그리고 그녀는 이내 나를 잡아끌었다. 그녀가 내 가슴에 머리를 기댄 채 울기 시작했다. 나는 아내의 어깨를 토닥였다. 늦게 먹은 저녁에 속이 더부룩했다.

나는 결정을 내렸다. 하지만 남편으로서 아내에게 최소한의 예의는 지켜야 했다. 일종의 묵비권을 행사했다. 그사이 아내는 아이를 낳기로 했다. 아내는 커다란 배를 하고도 불편한 내색을 하지 않았다. 이전보다 훨씬 깨끗한 집을 유지했다. 내게 대하는 태도도 더욱 정다웠다. 아내는 확실히 다가을 불행 이전에 현재의 행복을 쌓아두는 듯이 보였다. 내게 아이는 불행이었다. 나는 아내가 미련해 보였다. 내 생각과 감정은 태도와 행동으로 나타나기 시작했다. 불평은 늘어가고 쌀쌀맞게 대했다. 아내의 목소리까지 무시했다. 그런 나를 옆에 두고도 여전히 아내는 웃고 있었다. 오히려 나를 위했다. 일이 잘 풀리지 않았다.

"여보, 우린 행복할 거예요. 내가 그렇게 만들 거예요. 우리 아이가 태어나면 예전에 당신이 내게 보여주었던 당신 모습 그대로 보여줬으면 좋겠어요."

아내는 같은 말만 반복했다. 그렇다고 이제 와 내가 달라질 수는 없었다. 점차 아내는 불안해했다.

"뭐 샀어? 이건 무슨 상자야?"

내 질문에 아내는 그저 웃기만 했다. 집 입구에는 빈 종이 상자가 쌓여갔다. 그렇게 몇 주가 지났다.

퇴근 후 집에 왔을 때 아내가 열지 않은 택배 상자를 내게 보여주었다. 뭐냐는 내 질문에 아내는 칼을 건네며 열어보라고 말했다. 나는 곧장 칼로 상자를 밀봉했던 테이프를 잘라낸 뒤 상자를 열었다. 다른 상자가 들어있었다. 나는 작은 상자를 꺼내 탁자 위에 올려놓았다. 그리고 그 상자를 열었다.

작은 상자 안에는 아이의 하얀 신발이 들어 있었다. 아내는 아이가 걸을 수 없다는 것을 알고 있었다. 하지만 아내는 아이가 정상일 거라고 착각하고 있었던 건지, 그렇게 희망했던 건지 불필요한 짓을 벌이고 있었다. 쥐고 있던 칼을 집어 던지고 싶었다. 하지만 나는 매너가 좋은 남편이었다. 아내에게 쓴웃음을 지었다. 아내는 칼을 탁자 위에 올려놓고 나를 아이의 방으로 이끌었다. 굳게 닫혀있던 방을 열었다. 그곳에는 아이의 요람과 모빌 그리고 옷이 가득했다.

"나이별로 옷을 준비해서 조금 많아요. 다 산 건 아니고 주변에서 나눔 받은 것도 많아요. 금방 크니까 낭비일 수도 있는데, 그때 되면 다른 집에 다시 나누어서 주면 돼요. 아니면 우리 둘째도 낳으면 되겠다."

아내는 밝은 표정을 지으며 나를 바라봤다. 아내는 나를 조롱했다. 화가 치밀었다. 몸이 떨렸다. 나는 아내의 손을 뿌리치고 방 밖으로 나왔다. 놀란 표정의 아내는 나를 따라 거실로 향했다. 내가 아내에게 고함을 질렀다.

"애가 어떤 상태인지 알면서도 이따위 짓을 한 거야? 애는 장애인이야. 태어나봐야 사람 구실도 못 해. 한 달에 돈이 얼마나 들지 생각도 안 해봤어? 살아있는 지옥이라고."

내가 손가락으로 아내의 배를 찔렀다.

"의사한테 얘기 들었잖아. 기억 안 나? 너 머리가 어떻게 된 거니? 이 거지 같은 신발은 또 뭐야. 도대체 무슨 생각으로 이러는 거야? 나 미치는 거 보고 싶어서 이래!"

나는 손안의 작은 신발을 바닥에 내팽개쳤다. 마지막 말마저 토해내자 타오르던 화가 사그라들었다. 내 옷자락을 붙잡고 있던 아내가 손을 놓았다. 그러고는 바닥에 무릎을 꿇고 앉아 신발을 주웠다. 그녀는 말없이 가슴에 신발을 안았다. 나는 아내를 뒤로하고 방으로 들어갔다. 그 뒤로 택배는 오지 않았다.

"진급 축하하네."
"감사합니다. 다 상무님 덕분입니다."
"곧 출산이지? 축하할 일만 생기는군."
상관이 차를 마시며 말했다.
"사람의 행복이 가장 오랫동안 지속되는 일이 뭔지 아나?"
나는 상관의 질문에 답하기 위해 고심했다. 딱히 떠오르는 답이 없었다. 무엇이라도 말해야 했다. 지난주 다녀왔던 부하 직원의 결혼식이 생각났다.
"잘 모르지만……. 결혼 같은 거 아니겠습니까?"
"아니. 진급이야."
상관은 탁자에 찻잔을 올려놓으며 말했다.

"월급이 오르고, 동료들의 축하와 가족들의 축하 그리고 자신에 대한 만족감, 자부심. 이 모든 것이 지속되는 건 진급 밖에 없어."

상관이 나를 보며 말했다.

"예, 그렇군요."

나는 상관에게 존경의 눈빛을 보낸 뒤, 차를 마셨다.

"축하하네. 다음에 또 얘기하지."

상관의 말에 나는 인사를 하고 그의 방을 나섰다. 복도를 걸으며 생각했다. 그의 말대로 행복한 일이었다. 나는, 또 지루해지겠지만, 몇 달 전 아이가 장애가 있을 거라는 말을 듣기 전의 나에게는 행복할 만한 일이었다. 아내도 축하했을 것이다. 전화로 우리 가족에게 올 행복의 소식, 나의 진급과 건강하게 태어날 아이의 축복과 미래를 꿈꾸었을 것이다. 정상적인 몸과 사고를 할 수 있는 아이를 바랐다. 하지만 나는 아이를 거부했다. 나를 창피하게 할 아이를 저주했다.

퇴근 후 꽃 한 다발과 케이크 하나를 사 들고 집으로 향했다. 문을 열고 집으로 들어가자 아내가 한동안 볼 수 없었던 미소를 보였다.

"웬 꽃이에요? 당신 이제 우리 아이로 인정하는 거예요? 정말?"

아내가 어느 때보다도 밝은 얼굴로 나를 바라봤다. 나는 말없이 고개를 끄덕였다. 만삭의 아내는 나에게 달려와 안겼다.

"고마워, 정말 고마워요. 금방 저녁 차려줄게."

나는 한참을 준비한 아내의 요리를 먹는 둥 마는 둥 했다. 맛이 없냐는 아내의 질문에 맛있다고 말했다. 아내는 웃었고 동시에 걱정의 눈빛을 보였다. 그리고 다시 내게 고맙다고 말했다. 나는 멍하니 탁자를 바라보며 밥을 먹었다.

'아니. 오늘 진급했어. 날 위한 꽃과 케이크야. 아이가 아니야. 그 아이만 없었어도, 아니면 정상적인 애였으면 내 행복은 더 컸을 거야. 당신 질문에 대답하지 않은 게 거짓말이 되어버렸지만, 그 거짓말로 조금이나마 즐거웠으면 됐어. 나는 정말……. 당신이 그토록 낳고 싶어 하는 그 아이가……, 혐오스러워.'

"우리 행복하겠지?"

내가 물었다.

"응."

아내가 대답했다. 고개를 들어 아내를 봤다. 아내의 눈을 보자 가슴에 얹히는 느낌이 들었다. 나를 들킨 것 같았다. 거짓과 저주와 슬픔과 분노가 가득한 나를 발가벗긴 채 바라보는 어머니의 눈이 보였다. 내 눈에서 눈물이 흘러내렸다. 아내가 나를 안았다. 나는 내가 너무나도 불쌍했다.

 아내는 예정일에 출산했다. 나는 분만실에 들어가지 않았다. 의사는 분만실에서 몇 시간 동안 나오지 않았다. 새벽은 아침이 되었다. 의사가 복도로 나왔다. 땀으로 범벅된 그를 향해, 흔치 않은 일이었지만, 나는 말을 쏟아냈다. 그는 고개를 저었다.
 "조금 이따 제 방에서 얘기하시죠."
 의사가 내게 말했다. 나는 고개를 끄덕였다. 의사가 사라진 뒤에도 혼자서 텅 빈 복도를 바라보았다. 병원은 고요했다. 간호사가 나를 찾았다. 그녀가 나를 담당 의사에게 이끌었다.
 "예상하셨다시피 다운증후군입니다."
 의사의 말에 나는 가볍게 어금니를 깨물었다.
 "그리고······. 크게 두 가지 문제가 있습니다."
 의사가 물을 들이켰다.
 "항문폐쇄와 방실 중격 결손이라는 중증 심장 질환입니다. 항문이 없어서 인공 항문을 만들어 놓기는 했는데 6개월 정도 뒤에 재수술하셔야 합니다. 방실······."

의사의 말이 지루함에 휩싸였던 나를 자극했다. 나는 의사의 말에 뛰어들었다.

"선생님, 애는 판막이 없는 건가요, 아니면 판막에 틈이 있는 건가요?"

"판막이 없습니다."

의사가 잠시 말을 멈추었다 이어갔다.

"아버님, 심장 쪽은 반드시 6개월 내 수술을 하셔야 합니다. 그렇지 않으면 예후가……. 몹시 나쁠 겁니다."

내게 벽에 걸린 시계의 초침 소리가 들렸다.

"나쁘다는 게 어떤 의미죠?"

내 질문에 의사는 의자에 몸을 기댄 채 호흡을 가다듬었다.

"몇 주내에 심한 심부전이 올 수 있습니다. 안타깝지만 수술을 하더라도 대부분 이 년에서 삼 년 정도밖에 생존하지 못합니다."

그는 의자를 돌려 나를 정면으로 바라봤다.

"이제 와 말씀드리지만, 산모님은 이미 아이가 어떨지 알고 있었습니다. 남편분이 올 걸 아셨는지 무슨 말을 하더라도 꼭 낳겠다고 하셨습니다. 선생님께는 본의 아니게 거짓말을 하게 된 점은 사과드립니다. 다만, 모든 건 어머님 결정이라는 걸 아셔야 합니다."

의사는 내게 용서를 구했다. 나는 괜찮다고 손사래 쳤다. 침묵의 시간이 지났다. 졸음이 몰려왔다. 나는 손으로 입을 가리고 하품했다. 시계의 초침 소리가 더욱 커졌다.

"선생님 수술 비용은 얼마나 돼요?"

의사는 내 질문에 답하지 않았다. 그는 컴퓨터에 알 수 없는 단어들을 쳐넣었다. 모니터의 빛이 그의 얼굴을 밝게 비췄다. 아침이었지만 초췌해 보였다. 피곤한 그에게 질문은 그만하기로 했다. 나는 앞으로 양손을 모으고 바닥을 보았다. 신고 왔던 신발이 더러웠다.

"아이는 집중치료실에 있습니다. 그만 가보세요."

나는 의사의 말이 끝나자마자 상담실 문을 열고 복도로 나왔다. 방 안에서 의사의 한숨 소리가 들렸다.

나는 간호사를 찾아 집중치료실이 어디냐고 물었다. 간호사는 나를 치료실로 안내했다. 아이는 익숙하지 않은 얼굴로 잠을 자고 있었다. 나는 갓 태어난 아이에게서 죽음을 엿보았다. 때가 되면 저 아이와 나는 죽게 될 것이다. 삶의 길이만 다를 뿐이었지, 결국 우리는 같은 운명이었다. 나는 입을 삐죽 내밀고 고개를 끄덕였다. 아이에게 다시 보자고 인사한 뒤 아내에게 향했다. 산모실 안에서 아내는 눈을 감고 침대에 누워있었다. 나는 문을 열고 조용히 방으로 들어갔다. 작은 인기척이었지만 아내는 희미한 웃음을 지었다.

"아이는 봤어요?"

아내의 가냘픈 목소리가 들렸다. 나는 고개를 끄덕였다.

"어때요? 괜찮은 거지?"

나는 아무런 대답도 하지 않았다.

"너무 궁금해. 아기 낳았을 때 선생님이 보여주지도 않았거든."

"괜찮아. 걱정하지 말고 한숨 자."

안쓰러운 아내가 내 손을 잡고 잠들었다.

다음 날 아내는 잠에서 깨자마자 아이가 보고 싶다고 말했다. 나는 아내에게 아이의 상태가 좋지 않아 보인다고 말했다. 아내는 말없이 웃기만 했다. 나는 아내를 부축해 집중치료실로 향했다. 아이는 어제 그대로 조용히 잠을 자고 있었다. 아내는 아이를 보며 환하게 웃었다. 그리고 창에 손을 댔다. 아내는 그렇게 한참을 서있었다.

돌아가는 길에 아내가 나에게 아이에 관해 물었다. 나는 의사에게 들은 말을 그대로 전했다. 아내는 회복하는 대로 집으로 돌아가자고 말했다. 그녀는 가망 없는 퇴원을 선택했다. 몇 주 뒤 우리 가족은 집으로 돌아왔다. 그 뒤로 아이는 일 년도 넘게 살았고, 안타까운 아내는 엄마로서 헌신했다. 두 번째 생일이 지났다. 마침내 아이가 죽었다.

"조의를 표합니다. 심려가 크시죠?"

상무의 말에 아내가 쇳소리 나는 목소리로 답했다. 나는 화장 문제로 자리를 비웠다. 둘이 무슨 이야기를 했는지 알 수 없었다. 아내는 상무가 다녀간 후로 장례를 마칠 때까지 내게 단 한마디도 하지 않았다.

"고생 많았어. 이제 몸 좀 추슬러."

집에 돌아온 내가 아내에게 말했다. 아내는 바닥에 주저앉아 창밖을 바라보고 있었다.

"상무님이 계속 당신을 부장이라고 하시던데……."

아내가 말끝을 흐렸다.

"진급했어."

내가 물을 마시며 말했다.

"언제였어?"

"조금 됐어. 몇 달 전이었나."

내 대답에 아내가 나를 봤다.

"몇 달? 몇 년은 아니고?"

아내의 질문에 나는 어깨를 으쓱했다. 그러자 아내는 다시 창으로 고개를 돌렸다.

"한 가지만 물어볼게. 혹시……. 아이 낳기 전에 당신이 꽃

사 들고 온 날이야?"

아내의 질문에 나는 형광등에 시점을 고정한 뒤 내 시간을 거슬러 갔다. 아내의 말은 정확했다. 내 입꼬리 한쪽이 올라갔다.

"맞아! 그쯤이었던 것 같다."

내 대답을 들은 아내가 길게 숨을 내쉬었다.

"당신은 한 번도 우리……. 내 아이를 원한 적이 없었어."

아내가 자리에서 일어나 방으로 들어가 문을 닫았다.

몇 시간 전 아내와 그 남자와 나는 둥그런 테이블을 중간에 놓고 만찬을 했다. 좋은 식당이었다. 그녀는 남자 사이에, 나의 왼쪽과 그 남자의 오른쪽에 앉아 말없이 대화를 경청했다. 아닐지도 모르겠다. 그녀는 그 남자를 대변할 기회만 노리고 있었을지, 그녀의 생각은 불확실했다. 그런데도 정면과 옆면 그 틈으로 흘러나오던 그녀의 눈빛으로 그녀가 어떤 생각을 하고 있었는지 훔쳐볼 수 있었다. 그녀는 나를 경계했고 불신했다. 셋이 한 탁자에서 식사하고 있었을 때 그녀와 나 사이에는 확실한 거리가 존재했다. 그녀는 내게 무심한 사람이었다. 아이가 없는 나와 그녀는 타인보다도 먼 관계였다. 그래서 나는 신경 쓰지 않기로 했다. 저녁 식사

후 아내는 떠나는 내게 마지막 남은 **자신의 물건**을 가져가겠다고 말했다. 나는 마음대로 하라고 했다.

  일상이 반복됐다. 언제나 그랬듯 나는 일이 끝나면 불 꺼진 집으로 돌아갔다. 혼자 남은 집은 그대로였다. 배회하던 나에게 바람 소리가 들렸다. 이 집에 열려있던 창은 없었다. 그러다 한 번도 열어보지 않았던 아이의 방이 궁금해졌다. 닫혀있던 문을 열었다. 스툴 하나가 방바닥에 나뒹굴고 있었다. 그리고 아내는 목을 맨 채 바람에 흔들렸다. 빈방으로 주황색 가로등 불빛이 깊이 배어들다, 내게 다가왔다. 모두가 빠져나간 집은 깨끗해 보였다. 나는 문을 닫았다. 거실로 돌아가 들고 있던 서류 가방을 소파 위에 올려놓았다. 나는 종일 내 목을 조이고 있던 넥타이를 느슨하게 풀고 주방으로 향했다. 냉장고 문을 열어 마시다 만 물병을 꺼냈다. 물방울 맺힌 병을 열어 숨이 막히도록 들이켰다. 뱃속에 차가운 자갈이 가득 찼다. 마시지 못한 물이 바닥으로 시끄럽게 떨어졌다. 얼마 남지 않은 물은 싱크대에 버렸다. 나는 거실로 돌아와 소파에 앉아 켜지 않은 TV를 봤다. 까만 화면 위로 내 실루엣이 가득 찼다. 그리고 내 그림자 안에 아이의 죽음이 중첩됐다. 양팔의 털이 곤두섰다. 나는 빈 화면을 보며 웃고 있었다.

+6

팽팽하게 감긴 태엽

갈대밭을 지났을 때 까만 바지를 입은 남자가 자신의 목에 가시넝쿨을 감고 있었다. 넝쿨은 거칠었지만 목을 조르기에는 헐거웠다. 그가 줄을 당기자 날카로운 가시가 그의 양팔 깊숙하게 상처를 냈다. 상처 틈으로 피가 흘러내렸다.

"그 사람이 말했다. 알을 깨라고. 내가 알을 깰 수 있는 건 이 방법뿐이다."

남자가 웅얼거렸다.

"당신 뒤에 있는 나무는 너무 가늘어요."

내가 그를 보며 말했다.

"바람을 기다려야지. 목에 끈을 매고 있다고 꼭 어딘가에 걸려 죽으라는 법은 없잖나?"

남자는 피투성이 팔을 들어 자신의 턱수염을 문지르며 고개를 흔들었다.

"그런데 내가 기다리는 바람이 올까? 언제부터 바람을 핑계 대고 기다렸는지 모르겠다. 수염이 많이 자랐지. 네가 보기엔 어때?"

남자가 말했다.

"당신 뒤에서 먹구름이 몰려오는 줄로만 알았는데 불에 타버린 소나무 산이었네요. 아직도 연기가 나는 걸로 봐서는 얼마 전까지 불이 났었나 봐요."

내가 말했다.

"그랬지. 그건 소용없었다. 지금 내가 선택한 이 방법이 틀리지 않길 바라야지."

그가 양손으로 가시넝쿨을 움켜쥐고 말했다.

"이제 너는 바닷가로 가라. 알이 굴러다니는 해변에서 회색 우비를 입은 남자를 찾아라. 그 남자가 너를 찾아온다면 네 손을 조심해라. 내 옷은 이제 피로 더러워졌다. 나는 떠나야겠다. 네 옷을 찾을 때 나는 이미 그곳에 있을 것이다. 우리는 다시 만나게 되어있다."

피범벅 된 남자가 목에 두른 넝쿨을 어깨에 걸쳤다. 그가 힘껏 넝쿨을 잡아당기자 땅속에 박혀있던 회색 알이 튀어

올랐다. 남자는 넝쿨이 팽팽해질 때까지 몸통 전체에 굵은 줄을 감았다.

"그 해변은 어디에 있나요?"

커다란 알을 끌고 가는 남자에게 내가 말했다.

"호박을 베고 자는 남자를 찾아라. 그에게 까만 산을 물어라."

남자가 말했다.

"까만 산은 어디에 있어요?"

떠나가는 남자에게 내가 소리쳤다.

"빨간 사막 뒤에 그 산이 너를 기다린다."

남자의 속삭임이 바람을 타고 내게 도달했다.

"그렇다면 빨간 사막은 도대체 어디에 있는 건데요?"

내가 질문할 때 남자는 사라졌고 메아리만 돌아왔다.

비탈길을 빠져나오자 지붕까지 돌로 덧댄 이층집이 시야에 들어왔다. 비가 내렸다. 옷이 비에 흠뻑 젖어 내 알몸이 드러났다. 질퍽거리는 흙탕길을 건너 이끼 낀 집 앞에 도착했다. 나는 문에 달린 녹슨 노커를 잡아 돌문을 두드렸다. 내게 응대하는 사람은 없었다. 문고리를 돌렸다. 문은 잠겨있었다. 나는 문이 열리기를 포기하고 처마 밑으로 숨었다. 커다란 집의 처마는 짧았다. 집 아래에서도 여전히 내 옷은 비를 맞고 있었다. 나는 처마를 따라 걸었다. 거세지는 비에 벽면을 가득 채운 장작이 물에 젖었다. 비가 오는 동안 꿈틀대던 지붕의 기와가 바닥으로 떨어져 깨졌다. 그 소리에 깜짝 놀랐지만 덕분에 집 왼쪽의 나무 펜스 하나가 내려져 있다는 것을 알게 되었다. 그것은 떠내려오거나 바람에 빠진 게 아닌 누군가 빼놓은 것처럼 보였다. 나는 처마를 벗어나 빗속으로 들어갔다. 그리고 열린 펜스를 넘어 미끄러운 돌계단을 따라 걸었다. 튀어나온 지붕의 돌이 떨어졌다. 놀란 나는 도망치듯, 한없이 높은 계단을 뛰어 올라갔다. 계단의 정상은 광막한 호수였다. 연꽃으로 둘러싸인 호수는 조용히 비를 받아들이고 있었다. 호수의 둘레길 한편에 유난히 커다란 연잎이 보였다. 나는 여전히 비를 맞으며 그곳으로 발걸음을 옮겼다. 연잎 아래에서 한 남자가 잠을 자고 있었다. 호박을 베고 누워있던 남자는 내가 바로 옆에 서있어도 깨지 않았다.

"그 사람이 말한 남자군요? 호수 아래에 있는 집은 아무도 살지 않나요?"

내가 물었다.

"여행을 떠났어. 이 호수에 살던 물고기를 유리병에 담아서, 네가 오기 전에 사라졌어."

남자가 눈을 뜨며 나에게 답했다.

"그렇군요."

"무슨 책이야?"

그가 내 왼손의 책을 보며 말했다.

"모르겠어요. 제목도 작가의 이름도 보이지 않아요. 너무 흐릿해요."

내가 답했다.

"그런 책은 버리는 게 낫지 않아?"

"그러게요. 호수를 건널 수는 없나봐요. 작은 배 한 척 보이지 않네요."

내가 호수로 책을 던지며 말했다.

"부서졌어. 부서트린 거지. 그 사람이."

"그 사람이 누군데요?"

"두 명의 부인과 두 명의 딸을 가진 남자."

"당신은 빗속에 누워서 도통 알 수 없는 소리만 하네요. 그건 그렇고 까만 산은 어디에 있어요?"

내가 물었다.

"질문이 잘못됐어. 빨간 사막을 먼저 물어야지."

그가 말했다.

"아! 빨간 사막은 어디에 있죠?"

"빨간 사막은 왜 묻지?"

"까만 산에 가야 해요."

"까만 산은 왜 가려는 건데?"

"그 사람이 해변에 가려면 까만 산에 가야 한다고 했거든요."

"해변이라. 해변에 누가 있는지는 들었지?"

"회색 우비를 입은 남자가 있다고 했어요. 어떤 사람인지 말해줄 수 있나요?"

"까만 산에 가면 이끼 옷을 두른 남자가 말해줄 거야."

"빨간 사막은 어떻게 가는지 말해줘요."

"내 말이 끝나거든 연꽃을 하나 골라 입고 떠나. 모든 달이 떠 있는 초원에 도착하거든 하얀 말을 타. 말 위에선 꼭 잠들어야 해. 그 말이 너를 빨간 사막에 데려다줄 거야. 혹시라도 눈을 뜬다면 너는 집으로 돌아갈 수 없어."

남자가 다시 눈을 감았다. 나는 커다란 호박 위의 연꽃을 잘라내 몸에 둘렀다. 그리고 나는 그가 알려준 연꽃 숲으로 들어갔다.

친절한 남자의 말을 따라 숲을 걸었다. 사람보다 큰 연잎이 나를 에워싸고 길을 안내해 주었다. 그 안에서 나는 순백의 연꽃으로 몸을 데웠고 내 몸의 틈과 공간을 빈틈없이 채웠다. 순수한 나는 점차 정화되고 있었다. 평온해졌다. 커다란 연잎 숲은 쏟아지는 비를 내게 달라붙지 않도록 도와주었다. 비가 오고 있음에도 내 옷은 말라갔다. 걷는 동안 빗소리가 잦아들었다. 연잎을 따라 흘러내리는 비도, 땅바닥에 고이는 물도 사라졌다. 그사이 나는 숲의 끝에 도착했다. 출구는 선홍빛의 연꽃으로 막혀있었다. 나는 두르고 있던 연꽃을 벗어 조심스레 바닥에 놓았다. 그리고 두 손으로 연꽃을 양쪽으로 밀어냈다. 그곳은 푸른 황혼 안의 대지였다. 나는 숲을 빠져나와 출구를 등 뒤에 두고 곧게 섰다. 발끝으로 산뜻한 풀이 느껴졌다. 나는 크게 숨을 쉬었다. 바람으로 추출된 짙은 차의 향기가 풍겨왔다. 멀리 지평선 끝에 황혼보다 더 진한 보라색 산이 안개 틈으로 나타났다. 그 광경 앞에 서있던 나는 신비로움을 넘어선 두려움과 오싹함에 사로잡혔다. 알 수 없는 울음이 쏟아졌다. 고요함을 깬 나의 외침이 차밭에 숨어 있던 노란빛을 품은 반딧불이를 하늘로 쏘아 올렸다. 눈물이 끊이지 않았다. 따듯했던 몸이 떨렸다. 대지 앞의 나는 알 수 없는 힘에 쓰러졌다. 다시 눈을 떴을 때 초원의 색은 사라지고 남자가 말한 모든 달이 동시에 떠있었다. 하늘 중간에 떠있던 보름달은 양옆의 반달보다 작고 어두웠다. 초승달과 실만큼이나 가느다란 달이 반달 옆에 나란히 서서 나를 노려보았다. 대지의 시퍼런 한기에 양팔로 몸을 안았다. 동그랗게 둘러싼 달이 나의 위치를 갈취해 갔다. 그로인해 나는 방향을 잃고 산뜻한 첫걸음마저 망각했다. 혼동의 공간에 갇힌 나는 자갈을 밟으며 맴돌고 있을 뿐이었다. 갈피를 잡을 수 없던 나는 그대로 주저앉았다. 그리고 눈을 감았다. 하얀 말을 타야 한다고 했는데 어디서 찾아야 할지 알 수 없었다. 배 속의 작은 통증은 고통의 신음이 되어 몸 밖으로 튀어 올랐다. 멀리서 밀려오던 자갈 밟는 소리가 내 밑에서 들리기 시작했다. 눈을 떴다. 나는 하얀 말 위에 앉아 달리고 있었다.

"당신은 무슨 꿈을 꾸죠?"
나는 하얀 말의 갈기를 굳게 잡고 물었다.
"말은 달리는 꿈을 꾼다. 너는 무슨 꿈을 꾸지?"
"당신과 같은 꿈을 꿔요. 그런데 저는 언제나 뒤로 달리고 있어요."
"네 이야기를 해줘."
"하얀 꿈을 말해줄게요. 흰 연기를 내뿜는 기차가 터널을 나왔을 때, 철로 옆에 순백의 드레스를 입은 여인이 당신과 같은 하얀 말을 타고 나란히 달리고 있었어요. 그렇게 둘은 사이좋게 달리나 싶었는데 기차가 다른 터널로 사라지자 여인은 실망했는지 오른쪽의 좁은 길을 따라 하얀 성으로 사라져 버렸어요. 그중에서 제일 이상했던 건 내가 언덕 위에서 그 광경을 바라보며 웃고 있었다는 거예요. 내가 기억하는 첫 번째 꿈은 그게 다예요. 다른 꿈을 말해줄까요?"

"그래."

"마차가 짙은 안개를 뚫고 하얀색 자갈로 뒤덮인 길을 달려갔어요. 다른 사람들은 잠들었고, 마차의 바퀴 소리는 유난히 크게 울렸어요. 한참 동안 안개를 비집고 들어가다 회색 집이 보이자 마부가 말을 잡아당겼어요. 마차가 멈추었고 안에 있던 누군가가 내렸어요. 그 사람은 마부에게 인사하고 회색 집으로 들어갔어요. 그런데 아무것도 보이지 않아요. 집 안에서는 달을 삼킨 태양처럼 까맣고 동그란 빛이 벽에서 빛나고 있을 뿐이에요. 한 사람이 그곳에 다가가 손을 뻗었어요. 약한 벽은 부서졌고 붉은 태양을 뒤집어쓴 해변 위에 그 사람만 덩그러니 서있게 된 거예요. 예상치 못한 변화에 그 사람이 눈을 가렸어요. 다시 눈을 뜨자 그 사람이 해변을 달리고 있었는데 그게 바로 나였어요. 흰 말과 함께 사라졌던 그 여인이 낡은 옷을 입은 채 나를 떨쳐버리듯 붉은 태양을 향해 뛰어가고 있었어요. 저도 그 여인을 놓치기 싫어 빠르게 뛰었지만 물속에 갇힌 듯 속도를 낼 수 없었어요. 저는 상심했고 그녀를 뒤쫓는 건 그만두었어요. 가슴이 답답했어요. 나는 그곳에서서 눈을 감고 큰 숨을 쉬었어요. 놀랍게도 다시 눈을 떴을 땐 하늘을 뒤덮은 삼나무 숲이지 뭐예요. 그곳은 두려웠어요. 저도 모르게 다리가 풀려버렸고, 힘없이 주저앉아 몸을 웅크린 채 눈을 감았어요. 다시 눈을 떴을 땐 안개에 갇힌 마을이었는데, 눈을 감으면 회피할 수 있다는 확신이 들었어요. 그때부터 마음에 드는 곳을 찾을 때까지 눈만 깜빡였어요."

내 말이 끝나자 하얀 말이 다리를 절었다. 발에서 피가 흐르고 있었다.

"편자 때문에 발에 상처가 생겼다. 더 이상 너를 태우고 달릴 수 없겠다."

말은 속도를 줄이고 천천히 걷기 시작했다.

"괜찮아요. 붉은 사막은 멀지 않겠죠?"

"더 이상 붉은 사막은 없다. 까만 사막이지."

"그러면 까만 산은요?"

"까만 산은 이제 붉은 산이 됐다. 그 사람은 붉은 산에 있다. 나와 달리는 동안 무엇이라도 본 것이 있나?"

"달빛에 빛나던 수선화요. 분명 노란 수선화였어요."

"내 위에서는 아무것도 보지 말라고 했지?"

"네."

"그런데도 말을 듣지 않은 거네."

"눈을 뜨고 싶었어요. 그래도 그 덕에 왼쪽의 아름다운 수선화를 볼 수 있었잖아요. 그거면 충분해요."

하얀 말이 걸음을 멈추었다.

"다음 언덕에서는 모든 달이 사라지고 네가 쏘아올린 반딧불이가 꽃들을 비추고 있다. 거기서부터 연꽃을 타고 내려가라. 꽃이 알아서 멈출 때까지. 사막에 도착하거든 꽃잎 하나를 붉은 물에 담그고 밤엔 사막에 파묻혀 그 잎을 덮어라. 오아시스를 품은 언덕에서 금성을 따라잡을 때까지. 네가 금성을 잡을 수만 있다면 그 언덕 어딘가에서 문을 찾을 수 있다. 문을 지나 축축한 길마저 통과하면 붉은 산이다. 네가 찾는 그 사람은 거기에 있다."

말의 설명이 끝났을 때 나는 눈을 크게 뜨고 말했다.

"연꽃은 숲속에 두고 나왔어요."

내 대답에 말은 앞발을 들어 나를 바닥에 떨어뜨리고 밤의 적막을 깰 커다란 울음소리를 질러댔다. 바닥에 떨어진 나는 주저앉은 채 고개를 들어 말을 바라봤는데 그때 피투성이 편자가 내 얼굴을 뭉갰다.

  내가 누워있던 곳은 안개 낀 검은 사막이었다. 나는 뭉개진 얼굴을 손으로 매만졌지만 어떠한 통증과 흉터도 느껴지지 않았다. 몸을 일으켰다. 나는 붉은 산을 찾아 무작정 걷기로 했다. 메마른 사막이 지나고 맨발바닥으로 옅은 습기가 느껴졌다. 걸음을 멈추자 모래 속으로 빠져드는 기분이 들었다. 어쩔 수 없이 다시 걸었다. 발에는 수분을 먹은 모래가 끊임없이 들러붙었다. 나는 발을 세차게 내쳐야 했다. 숨이 헐떡거렸다. 앞으로 고꾸라져 모래 속으로 파묻히기 직전 내 발 끝에 부드러운 모래의 촉감이 닿았다. 그때부터 내 눈에 안개는 사라지고 하얀 태양이 나타났다. 나는 허리를 펴 볼 수 있는 제일 먼 곳을 응시했다. 그곳은 끝없이 겹쳐있는 까만 모래 언덕과 태양 하나가 전부였다.
  "어쨌든 하얀 말이 알려준 대로 금성을 따라가야 하는데 태양에 가려 보이지 않는구나. 밤이 올 때까지 어딘가에 숨어있어야겠어."
  나는 튼 입술의 각질을 떼어내 까만 모래에 던져버린 뒤 다시 걷기 시작했다. 하얀 태양이 제일 먼 곳의 사구에 걸리자 까만 사막이 붉게 변했다. 나는 걸음을 멈추고 붉은 사막에 경탄했다. 그때 멀리 한 여인이 시야에 들어왔다. 그녀는 멈추어 있는 듯했지만 미끄러지듯 사구를 등반했다. 그녀는 사구 뒤로 사라졌다 나타나기를 반복했다. 신기루로 착각했다. 하지만 그녀가 마지막 사구 꼭대기에 올라섰을 때 나는 그녀의 존재를 인정해야 했다. 무엇보다 두드러졌고 생생했기 때문이다. 황소 위의 그녀는 황소와 같은 모피를 두른 채 두 마리의 개를 달고 있었다. 사막의 파도를 탄 그녀가 내게 도달했다.

"너는 네 개를 사랑할 줄 모르니?"

"무슨 뜻이에요?"

그녀는 자신의 뒤꿈치를 가리켰다. 두 마리의 개가 그녀를 물고 있었다. 그럼에도 그녀는 평온한 표정을 지으며 말했다.

"어느 누가 너에게 주의를 주어도 넌 네 개를 풀어놓기만 해. 주인인 너를 물지 않겠지만 이렇게 물어대는 개 때문에 그리고 너 때문에 난 제대로 걸을 수 없어."

"난 개가 없어요. 필요하지도 않고요. 그리고 당신이 그렇게 된 게 내 탓도 아니잖아요."

"아니, 모두 네 책임이야. 내가 네 개를 모조리 죽인 뒤에 지금 이 빨간 사막에서 구워버릴 거야. 그 사람을 배부르게 해줄게."

 그녀가 황소에서 내려 뒤꿈치의 개를 끌어냈다. 개들의 커다란 송곳니는 뒤꿈치에 박혀있었다. 그녀가 내게 다가왔다. 그녀의 발과 개들의 입에서는 끊임없이 피가 쏟아져 나왔다. 나는 뒷걸음질 쳤다. 세 피조물의 피가 붉은 사막에 고이기 시작할 때 여인의 머리 뒤를 비추던 태양이 사구 아래로 사라졌다. 그리고 금성이 빛을 발했다. 태양빛을 잃은 사막은 다시 까만 사막으로 회귀했다. 그들의 검붉은 피는 어둠에 색을 빼앗겨 투명했다. 나는 고개를 내려 응고되고 있던 집수장을 봤다. 그곳은 이제 맑은 오아시스로 보일 지경이었다. 태양과 달을 대신하고 있던 금성이 황소를 비추자 그 커다란 뿔은 막 탄생하고 있던 오아시스의 야자수가 되어 흔들리고 있었다. 오아시스가 모두를 삼킬 만큼 충분히 커졌다. 나는 앞의 여인을 제쳐두고 빛나고 있던 오아시스를 응시했다. 나를 노려보고 있는 여인과 으르렁거리는 두 마리의 개 그리고 황소의 형상이 뒤집혀 물 표면을 관통했다. 금성이 반짝였다. 오아시스에 투영된 피조물들이 내 눈에 들어왔다. 그들은 한 남자와 그에게 짓눌리고 있던 작은 여인으로 보였다. 나는 연꽃을 두고 왔을 때보다 더 경악했다. 두 눈이 커졌고 이내 눈물이 흘렀다. 그런 나에게 뒤에서 고개만 흔들고 있던 황소가 달려왔다. 황소는 커다란 뿔로 내 심장을 뚫은 뒤 고개를 젖혀 하늘로 나를 띄워버렸다. 비명도 지를 수 없었던 연약한 나는 이내 바닥으로 떨어졌다. 핏물 속으로 빠져드는 나에게 여인이 다가와 말했다.

"너는 약혼식에 가야 해."

"누구의 약혼식을?"

내가 말했다.

"집주인 말이야. 호수 아래 돌을 덧댄 집."

"나는 이미 깨끗한 집에 사는걸. 그 집의 주인과는 너무 멀리 떨어져 있어."

나는 완전히 사라졌다.

핏물 아래에 살고 있는 사람들은 웃는 얼굴이었다. 나는 커다란 나무에 묶여 발버둥 쳤지만 마을 사람들은 나를 신경 쓰지 않았다. 내 옆의 노인은 주름으로 만든 웃음을 유지한 채 분주하게 돌을 주웠다.

"큰 나무에는 돌이 필요해."

노인이 주은 돌을 나무 옆에 떨어뜨렸다. 그는 시커멓게 타버린 손으로 나무를 쪼개 벌린 뒤 수액을 끄집어내 하수구로 버렸다. 그리고 자신이 모은 돌을 빈자리에 채워 넣었다. 웅성거리는 소리가 들렸다. 나는 그 방향으로 고개를 돌렸다. 다리 위 두 명의 사내가 내는 소음이었다. 둘 역시 웃고 있었다. 그중 가면이라도 쓴 듯 얼굴만 새까맣게 탄 사내가 바닥에 놓인 허수아비에 올라타 간지럼을 태웠다. 허수아비는 살아있는 사람처럼 몸부림쳤지만 사내는 아랑곳하지 않았다. 남자의 장난에 허수아비가 한 번씩 지푸라기를 털어냈다. 그럴 때면 남자는 양 무릎으로 허수아비를 누른 채 그것들을 모아 작은 허수아비로 만들었다. 다른 남자는 뜨거운 태양 아래에서 우산을 쓴 채 광경을 즐기고 있었다. 그는 허수아비 위의 남자보다 체구는 작았지만 생김새는 같았다. 그리고 마을의 그 누구보다 크게 웃었다. 커다란 남자가 다시 장난을 시작했다. 두 남자는 즐겼고 허수아비는 몸부림쳤다. 그사이 남자가 만들어놓은 작은 허수아비가 그를 닮아가고 있었다.

"예상보다 공간이 너무 많이 남는군."

노인의 말에 나는 다시 노인을 봤다. 노인이 머리를 긁적이다 내게로 시선을 돌렸다.

"네가 들어가야겠다."

노인이 나를 잡아끌었다. 나는 노인에게 순응해야 했다. 나무 앞의 노인이 나를 들어 나무의 빈 곳에 넣었다. 내가 돌 더미 위에 앉자 덜컥거리는 소리가 들렸다. 고개를 들어 노인을 봤을 때 그는 흡족하다는 표정을 지었다. 나 역시 그에게 옅은 미소로 답했다. 그가 나무판자로 구멍을 막았다. 밖에서 망치질하는 소리가 들렸다. 나는 나무에 등을 기댔다. 그리고 눈을 감았다. 그때 나무판자를 뚫어 낸 긴 나무못이 내 가슴에 박혔다. 가슴 속에서 흐르던 피가 사방으로 튀는 것이 보였다. 끝이 근처에 있다는 노인의 목소리가 들렸다. 다시 망치질하는 소리가 들렸다. 내 가슴을 관통한 못이 나무마저 뚫어내고 그 틈으로 하얀 빛이 들어왔다. 몸이 흔들리고 출렁거렸다. 너무 밝아 하얀 색마저 삼켜버린 빛이 번쩍거렸다. 나는 그 신호에 맞추어 눈을 깜빡였다. 그러자 내가 있던 하얀 방은 어두워졌고 어둠이 사라졌을 때 나는 주황빛 노을을 낀 강 위의 작은 배에 앉아있었다. 등 뒤로 인기척이 느껴졌다. 배의 중간쯤 앉아있던 내가 고개를 돌렸다. 내게 기대어 앉아있던 사람 역시 고개를 돌려 나를 봤다. 나와 닮아있었다.

"노를 저어."

그가 말했다.

"해본 적 없는걸."

내가 답했다.

"나를 보고 따라하면 돼."

우리는 떨어져 앉았다.

그는 뱃머리에 앉아 나를 보며 노를 저었고 나는 후미에 앉아 그를 따라 했다. 나를 닮은 그가 노를 저으며 노래를 불렀다.

비가 오기도 전에 돌을 덧댄 집의 여주인이 창문을 닫고 안으로 들어가 문을 잠갔네. 주인이 초에 불을 켜 촛대에 꽂는 동안 그 사람은 집에 들어가지도 못한 채 문밖에서 비만 맞고 있다네.

"무슨 의미인지 모르겠지만 참 좋은 노래구나. 이것 봐. 강물이 너무 맑아서 하늘 위에 앉아있는 것 같아."

내 말이 끝나자 물과 하늘이 교차됐다. 내 앞의 남자가 눈을 깜박이자 하늘과 물이 다시 뒤바뀌었다.

"이제 와서 하늘과 강을 구별하는 게 무슨 의미가 있어."

그가 말했다.

나는 고개를 끄덕였다. 배는 천천히 강물을 따라 흘러갔다.

"고개를 돌려 강을 봐."

그의 말에 나는 노를 놓고 뒤로 돌아 강물을 봤다. 배를 떠난 파형이 끊임없이 탄생하고 소멸되고 있었다.

"그 사람을 만나고 나면 무엇이 될지 결정해야 해. 알겠지?"

나는 강물에 손을 넣은 채 말없이 고개만 위아래로 움직였다. 황새 떼가 날아올랐다.

"어딜 가는 거지?"

감격한 내가 말했다.

"여행을 떠나는 거야"

그 역시 거대한 새떼의 유영을 바라보며 말했다.

"우리는 어디를 향해 가는 거야?"

내가 물었다.

"당연히 그 사람에게 가야지."

그가 답했다.

"같이 가는 거지?"

"아니. 너만 갈 수 있어. 이게 마지막이야."

그가 노 하나를 집어 들고 자리에서 일어났다. 새 떼는 커다란 풍차 소리를 내며 하늘을 가득 메웠다. 그의 입이 나를 향해 움직였지만 새의 소음 때문에 그의 목소리를 들을 수 없었다. 배 위에 서있던 그가 내 머리를 향해 나무 막대를 세차게 휘두른 뒤 강으로 뛰어들었다. 나는 배 안의 내 피

속으로 숨어들었다.

"왜 나를 찾아온 거지?"

이끼 옷을 들고 있는 남자가 물었다.

구멍 난 옷으로 가린 얼굴은 볼 수 없었지만 목소리는 익숙했다.

"당신이 필요해요. 당신은 내가 필요한 걸 가지고 있잖아요. 당신이 보이지 않으면 불안해요."

"여주인은 어떻게 하고?"

"그녀는 이미 여행을 갔다고 했어요. 물고기도 가지고 떠났어요. 난 주인이 될 준비를 마쳤어요."

"그렇다고 네가 그녀를 대신할 수는 없어."

"그게 말이 된다고 생각하는 거예요?"

내가 소리쳤다. 그는 여전히 얼굴을 가리고 있었다.

"당신은 무엇이라도 만들어낼 수 있어요. 당장 나를 없애버릴 힘도 충분하고요. 나는 그럴 수 없어요. 당신처럼 무엇이라도 지울 수 있지만 당신처럼 탄생시킬 수는 없어요. 결국엔 나는 당신이 아닌 누군가로부터 지배받게 될 거예요."

내가 무릎을 꿇은 채 울며 그에게 빌었다.

"제발 나를 인정해줘요."

"방식은 다르지만 네가 가진 것으로도 충분하다. 내가 아닌 다른 사람을 찾아라. 그리고 더 이상 나까지 흉내 내서는 안 돼."

천둥 같은 남자의 목소리가 들렸다.

"마음대로 하세요."

눈물을 삼키며 내가 말했다. 나는 곧장 자리에서 일어나 평평한 바위에 앉았다. 두려운 사람이었지만, 그 앞에서 차분해졌다. 그와 이야기하는 동안 빛바랜 잡초가 무릎만큼이나 자라있었다. 그가 내게 다가왔다. 옷의 구멍으로 남자의 눈이 보였다. 마주치기 싫어 그 사람에게서 시선을 뗐다. 그 찰나의 순간 무릎 높이였던 잡초가 남자의 허리까지 자라났다. 다시 그를 봤다. 그는 완전한 나체였다. 근육질의 몸이 턱수염만큼이나 두꺼운 털로 덮여있었다. 묘하게도 자라난 잡초가 그의 성기를 가려주었는데 내가 고개를 어떻게 돌려도 보이지 않았다. 다시 시선을 돌렸다. 그러자 풀숲을 걷는 소리가 멈추었다. 잡초 사이로 남자의 발이 보였다. 그는 바로 내 앞에 서있었다. 내 머리 위로 끈적한 액체가 떨어졌다. 고개를 들어 위를 봤다. 남자의 이끼 낀 옷에서 알 수 없는 수액이 떨어졌다. 사막에서 맡았던 역한 냄새가 풍겼다. 무엇인가 풀을 비벼대는 소리가 들렸다. 앞을 봤다. 눈앞에는 남자 대신 붉은 뱀이 나를 바라보고 있었다.

"뭘 원하는 거지?"

뱀이 물었다.

"나도 모르겠어요."

"가시넝쿨을 두른 남자의 말 때문에 여기까지 온 거야?"

"그런가 봐요."

"알을 깨라고 했다고 나를 찾아오다니. 알은 안에서 깨야지 밖에서 깨는 건 소멸이야."

"그래도 상관없어요. 어차피 난 이미 소멸 직전인걸요. 그 사람이 나를 그렇게 만든 거예요. 그 사람을 찾아야만 해요."

"멍청한 소리. 내가 그 사람이고 그 남자야. 황소이고 호박을 베고 자던 남자이기도 하지. 네가 원하는 대로 만들 수 있는 세상이지만 그 세상을 이룩한 건 나야. 나는 피조물인 동시에 창조자거든."

"거짓말하지 말아요. 그럴 수는 없어요."

뱀은 말을 멈추지 않았다.

"집의 여주인은 여행을 떠났지. 하지만 결국에는 물고기만 죽이고 사라졌어. 그 여주인만 아니었어도 네가 이런 곳에 있을 이유는 없었을 거야."

붉은 뱀이 나를 천천히 휘감으며 말했다.

"어떤 느낌이 들지?"

뱀이 물었다.

내 팔에 스치는 뱀의 감촉이 소름 끼쳤다. 그리고 따듯했다. 불가능한 상황이었다.

"조금 전만 해도 내게 굴복해놓고 이제는 내 목을 비틀고 싶어 하는구나."

"그렇지 않아요."

내가 눈물을 흘리며 말했다.

"네가 나에게 무엇인가를 숨길 수는 있어도 결국에는 들키게 되어있다. 시간이 문제일 뿐. 이곳에서 내려가 재단사를 만나 내 얘기를 해라. 그러면 그가 준비해둔 옷을 줄 것이다. 너는 그 옷으로 곧장 갈아입고 나를 기다려라. 나를 원하지 않는다면 회색 우비를 입은 남자를 만나야 한다. 만나는 법은 네가 알게 되어있다."

"당신을 선택한다면 어떻게 되나요?"

"너는 두 번째 아내가 될 거야."

"나는 남자예요!"

"지금까지는 그렇겠지."

뱀이 혀를 날름거리며 말했다.

"우비를 입은 남자에게 가면요?"

"알이 아니라 더 단단한 곳에 갇혀버리게 된다. 하루에 열두 번씩 정확히 두 바퀴. 스물네 번 암흑 속에서 목매달고 흔들리게 되지. 누가 네 목에 쇠줄을 건지는 전혀 기억나지 않아. 그렇다고 숨이 막히거나 답답해하지도 않게 된다. 단지 너는 정확한 분절에 맞추어 좌우로 세상을 보게 될 뿐이다."

나는 말없이 바위 위에 앉아있었다.

"언덕 아래로 굴러간 어항을 찾아라. 다시 주인이 될 준비를 해야지."

내 앞에서 똬리를 틀고 있던 뱀이 말을 끝내고 내게서 멀어졌다. 붉은 뱀은 이끼 옷을 두른 남자가 되더니 이내 흰색 재킷을 입은 채 알을 끌고 걸어가고 있었다. 멀어지는 남자를 보자 평온해졌다. 나는 재단사를 만나기 전이었지만 어떻게 해야 할지 이미 정했다.

나는 풀숲에 숨어있던 어항을 발로 깨부수고 있었다. 파편으로 발바닥이 찢어졌다. 피가 흘렀지만 무시했다. 나는 뱀이 말한 상점을 찾아 언덕을 걸어 내려갔다. 한참을 걷다 무심코 뒤를 바라봤다. 언덕 위의 커다란 나무와 어항이 있던 곳에 소박한 집이 자리 잡고 있었다. 낯익은 작은 집은 저녁을 준비하는 듯 하얀 연기를 내뿜었다. 집으로 가는 길,

내가 한참이나 걸었던 빛바랜 잡초 길 주변으로, 노란 수선화와 흰 붓꽃이 분홍빛 장미와 함께 피어있었다. 봄이었고 여름이었으며 가을이었다. 잡초 길 위에 나의 핏자국이 남아 있었다. 집으로 돌아가 발의 상처를 치료하고 쉬고 싶었다. 하지만 주인은 사라졌고 어항은 깨졌다. 동시에 나는 붉은 뱀의 말대로 옷가게를 찾아야 했다. 고개를 앞으로 돌렸다. 등 뒤로 먼지가 끼고 계절의 색을 앗아가 오직 차가운 겨울 직전에 도달했다는 느낌이 들었다. 나는 상점을 향해 뛰었다. 공간을 만들어낼 수 있다는 뱀의 말이 생각났다. 달리던 나는 제자리에 멈추었다. 그 즉시 한기가 나를 투과했고 나는 하얀 겨울 안에 있었다. 내 몸이 떨렸다. 양팔로 몸을 감쌌다. 밟지 않은 눈 속으로 몸을 떨어트렸다. 설원 아래는 뱀이 말한 옷가게였다. 그곳은 신전만큼이나 신성했고 거대했다. 신전의 천장은 별을 꽂아놓은 듯 환하게 빛났다. 신비롭고 소름 끼쳤다. 경이로움에 놀란 내가 입을 벌리며 주변을 두리번거렸다. 2층은 커다란 도서관의 책꽂이처럼 빽빽했다. 1층의 탁자는 미로같이 복잡하게 배치되어 있었다. 누군가가 나에게 말을 걸어왔다.

"그 사람이 보냈습니까?"

까만 정장을 입은 남자가 뒷짐을 진 채 무표정하게 말했다. 난 대답하지 않았다. 그 남자가 재차 물었다.

"그 사람이 보냈습니까?"

"네."

내 대답에 남자가 미소를 보였다.

"보시다시피 이곳은 비단을 파는 곳입니다. 마음에 드는 원단을 고르면 당신에게 맞는 옷으로 재단해 오겠습니다."

나는 둥그렇게 말린 비단 앞으로 다가갔다. 나는 녹색 비단을 들어 매만졌다. 부드럽고 포근했다. 하지만 뒷면은 손이 베일 듯 거칠었다. 이끼 옷의 눅눅한 촉감마저 느껴졌다.

"혹시 그 사람도 이곳에서 옷을 사 갔나요?"

"그렇습니다. 그 옷은 찢어지고 낡았습니다."

나는 그의 말에 고개를 좌우로 저었다.

"사람들이 발가벗고 있네요?"

내가 미로에 갇힌 사람들을 보며 물었다.

"저 사람들은 이미 옷을 입고 있습니다."

"당신이 만들어준 옷을 입으면 저도 저렇게 보이나요?"

"옷을 입게 되면 그렇지 않습니다. 이곳으로 넘어오기만 하십시오. 그리고 당신 옷은 이미 다 해졌습니다."

그가 안경을 올리며 말했다.

"저는 이렇게 화려한 옷은 필요 없어요. 다른 옷은 없나요?"

"당신을 위해 만들어둔 옷이 하나 있습니다. 그 사람의 두 번째 부인이 되고 싶지는 않습니까?"

"저는 남자예요."

"당신은 단 한 번도 남자인 적이 없습니다. 그렇게 되기를 원하는 것뿐입니다. 그랬으면 물고기가 죽을 일도 없었고 여주인이 떠날 일도 없었겠죠. 그전에 그 사람을 이해했을 수도 있겠고요. 아무튼 그 사람 말대로 하지는 않겠다는 겁니까?"

"네. 더 이상 그 사람이 나를 깨도록 둘 수는 없어요. 나 스스로 가둘 거예요."

내 말에 남자가 탁자 앞으로 돌아 나왔다. 그리고 내 어깨에 손을 올리며 이곳의 유일한 창으로 나를 데려갔다. 남자가 내 어깨에서 손을 내리고 창문을 열었다. 창밖 절벽으로 나무가 보였다. 나무에 걸린 하얀색 원피스가 바람에 휘날리고 있었다.

"내 넥타이를 잡고 내려가 저 나무로 가십시오. 땅에 닿기 직전, 이 가위로 넥타이를 잘라야 합니다. 그리고 달아나십시오. 저 치마를 입고 삼나무 숲으로 도망치세요. 당신은 회색 우비를 입은 남자를 만날 수 있습니다."

그의 말에 내가 고개를 끄덕였다.

"그 사람의 이름을 알고 있습니까?"

나는 고개를 흔들었다. 넥타이를 두른 남자가 나를 보며 미소 지은 뒤 정중하게 목례를 했다. 그의 작별 인사에 내가 화답했다. 그리고 그의 도움으로 나는 천천히 아래로 내려갔다. 밖에서 바라본 건물은 거대한 알이었다. 두 발이 땅에 닿기 직전 남자의 말대로 넥타이를 잘랐다. 딱딱했던 건물이 요동쳤다. 알 수 없는 굉음이 들렸다. 나는 재빨리 나무에 걸린 원피스를 낚아채 입고는 건물을 등지고 도망쳤다. 한참을 달린 후 뒤를 돌아보니 건물은 액체가 되어 흘러내리고 있었다. 나는 괴이한 광경을 뒤로하고 언덕을 뛰어 내려갔다. 언덕을 지나자 눈 내린 길이 시작되었다. 누구도 밟지 않은 순결한 숲으로 통하는 통로였다. 삼나무 숲은 하늘을 가릴 만큼 높았다. 눈이 멈추고 짙은 안개가 시야를 훔쳐냈다. 숲은 눈 밟는 소리와 내 호흡만이 존재했다. 눈을 감고 달리는 것 같은 몸부림이 지속되었다. 눈을 감았다. 그리고 다시 눈을 떴다. 안개가 사라지고, 그 후에는 숲이 사라졌다. 내 앞은 설원이 되었다. 그제야 나는 안도의 숨을 쉴 수 있었다. 속도를 줄이고 대지를 걸었다. 하지만 내 평화는 차가운 공기와 함께 사라졌다. 냉기가 안개를 거두고 내가 서있던 곳의 실체를 보여주었다. 그곳은 숲으로부터 길게 뻗어 나온 길이었고 절벽의 끝이었으며 대지는 그저 구름 속에 잠긴 산의 파편이었다. 뒤에서 나무 부러지는 소리가 들렸다. 액체가 된 건물이 숲을 삼키고 내게 밀려오고 있었다. 하얀 드레스를 입고 있던 절벽 위의 나는 구름 속으로 뛰어내렸다.

 동굴 밖으로 벌거벗은 사람들이 보였다. 그들은 파도로부터 동굴을 지켜내던 바위를 넘어가고 있었다. 나는 자리에서 일어나 자갈을 밟으며 입구로 향했다. 한 존재가 동굴의 경계석 위에 앉아 그들을 바라보고 있었다. 나는 입구에 도착해 앉아 있던 사람을 주시했다. 그는 그림자처럼 실루엣만 가진 까만 덩어리였다. 그가 손에 쥐고 있던 것 역시 형체만 파악할 수 있었다. 그는 누구이고 무엇을 들고 있는 건지 불분명했다.
 "저들은 수평선에 잘린 바위로 걸어가고 있습니다."
 중첩된 목소리가 들렸다.
 "수평선에 잘린 바위라뇨?"
 "밖은 해변입니다. 아주 고운 모래가 있는 곳이죠. 그곳에 누군가 낳은 알이 있습니다. 해변의 끝에는 딱딱하게 굳어버린 땅이 존재하죠. 그곳을 뚫고 나온 두 개의 바위섬이 내가 말한 잘린 바위입니다. 우뚝하게 솟은, 불타버린 소나무 몇 그루가 있는, 그 바위가 수평선에 잘려있습니다."

"그렇군요. 혹시 회색 우비를 입은 사람이 어디에 있는지 아시나요?"

"그 바위에서 당신을 기다리고 있습니다."

"고마워요. 이제 저도 나가야겠어요. 당신은 안 가시나요?"

"이미 나는 바위 앞에 있습니다."

그 사이 벌거벗은 사람들 모두가 바위 더미를 벗어났다. 나도 그들을 따라 그곳으로 넘어가기 위해 동굴 밖으로 나왔다. 햇빛이 환하게 비치고 있었고 처음으로 푸른 하늘이 보였다. 바위 더미에서 뒤로 돌아 동굴을 봤다. 경계석에 앉아 있던 사람의 실루엣이 보였다. 여전히 나는 내가 보고 있는 것이 그의 앞인지 뒤인지 분간할 수 없었다. 나는 해변으로 내려갔다. 온통 회색빛 풍경이었다. 발끝에 닿은 모래의 부드러운 촉감이 생소했다. 몸을 숙여 모래를 집어 올렸다. 발의 감촉보다 더 낯선 부드러움이 느껴졌다. 그리고 몇 발자국 뒤에 물을 먹은 모래가 되어 내게 얽혔다. 하지만 나는 사막과는 다르게 모래가 들러붙도록 내버려두었다. 동굴 속에서 만난 사람의 말대로 해변에는 수많은 알이 모래사장에 박혀있거나 바람에 굴러다녔다. 형체는 모두 같았는데 크기는 제각각이었다. 멀리 해변의 경계에서 한 남자가 알을 탐색하고 있었다. 그는 알을 조사하듯 세심하게 살피는 눈치였다. 간혹 알을 짓밟아 깨기도 했다. 나는 한순간도 그에게서 눈을 떼지 않았으나 그는 단 한 번도 내게 눈길을 주지 않았다. 하지만 그에게 들킬지도 모른다는 생각이 들었다. 나는 깨끗한 드레스를 살짝 올려 잡고 해변을 뛰었다. 해변을 벗어나면 더 이상 그 남자를 만날 기회는 없을 것이라고 확신했다. 숨 막힘 대신 함박웃음을 가득 채운 나는 한참을 달렸다. 안개가 꼈고 해변의 감촉은 사라졌다. 굳은 땅이 시작됐다. 안개마저 뚫어내자 딱딱한 땅 위로 하얀 눈이 내리고 있었다. 나는 속도를 늦춰 심호흡했다. 편한 걸음으로 함박눈 사이를 바라봤다. 수평선에 잘린 바위가 솟아있었다. 나는 걸음을 멈추고 동굴 입구에 놓여있던 작은 바위와 닮은 돌 위에 앉았다. 불에 타버린 소나무가 눈보라에 흔들렸다. 그것은 발목을 묶인 까마귀로 보였다. 눈을 뚫고 까만 실루엣이 내게 다가오고 있었다. 그것은 동굴에 앉아있던 그림자였다. 그 형체가 바로 앞까지 걸어왔을 때 나는 그가 회색 우비를 입은 사람임을 깨달았다. 우비 입은 남자의 손에는 단 한 번도 사용하지 않은 망치가 들려있었다.

"모든 게 너로부터 비롯되었어. 네가 이 세상을 창조한 거야. 네가 해석한 거지. 이제 네가 너를 깰 수 없어. 내가 너를 파괴해야만 해."

"죽는다는 의미인가요?"

"지금의 너를 소멸시키는 거야. 새로운 너를 창조하는 것이기도 하지. 하지만 이건 너로부터 도피야. 괜찮겠어?"

"재단사가 나는 이미 알고 있다고 했어요."

"네가 맡은 역겨운 냄새, 네가 알고 있으면서 동시에 그 사람도 알고 있는 것 전부를 없애줄게. 이렇게 될 줄 이미 알았잖아?"

내가 고개를 끄덕였다.

"너는 물고기가 죽은 뒤에 하얀 방에 스스로 가뒀어. 어찌 보면 그 사람 때문이기도 하지만."

"이제 어떻게 할 거예요?"

내 말에 그가 다가와 내 왼손을 바위 올려놓았다. 그는 내 손목을 잡고 손을 펼치라고 말했다. 내가 손을 펼치자 그는 땅바닥의 날카로운 알껍데기를 집어 내 손바닥을 그었다. 손에서 피가 흘렀고 아물지 않은 새로운 선이 생겼다. 손에서 피가 흐르는 동안 그는 망치를 두드려 작은 바위 안에 십자가 모양을 새겨 넣었다. 그리고 내 머리를 그 위에 올려놓았다.

"뭐가 보이지?"

"수평선에 잘린 바위요."

"너의 머리에 정을 꽂을 거야. 그리고 너의 피가 십자가 안에 고이면 피를 양식으로 비겁한 남자를 지워낼 거야. 완전히!"

내가 웃으며 알겠다고 대답했다.

하얀 눈이 짙어졌다. 주변의 모든 것을 가리고 내 앞의 사람만을 남겨놓았다. 죽음 앞의 내가 밝게 웃었다. 마침내 그가 망치를 들어 올렸다. 거칠게 내리던 눈마저 멈춘 듯 고요했다. 내 눈에서 눈물이 흘렀다. 그때 무엇인가 내게 달려오고 있었다. 눈의 움직임으로 생각했다. 하지만 그것은 해변에서 알을 깨고 있던 남자였다. 흐르던 눈물이 멈추었다. 벗어나야 한다는 본능이 나를 흔들었다. 내가 꿈틀댔다. 우비를 입은 사람이 강하게 내 머리를 짓눌렀다. 나는 움직일 수 없었다.

"그 사람의 이름이 기억났어!"

내가 말했다.

"가만히 있어!"

우비를 쓴 남자가 소리쳤다. 그사이 내게 달려오던 남자가 커다란 가위로 내 목을 잘랐다. 하지만 수평선에 잘린 바위는 여전히 떨어지지 않았다. 분리된 내 머리가 그 바위를 보며 말했다.

"헤르만. 내가 들고 있던 책을 쓴 남자. 그리고……. 나를 강간한 나의 아버지."

내 앞으로 흰색 드레스를 입은 여인이 달려가기 시작했다. 그녀는 풀숲을 지나 꽃길을 내게 인도해주었다. 푸른 하늘의 커다랗고 유일한 흰 구름이 두꺼워지다 굵은 비를 내렸다. 여인은 발걸음을 늦추고 뒤로 돌아 천천히 걸으며 나를 향해 웃었다. 나는 그녀의 웃음에 화답했다. 그녀는 걸음을 멈추고 그림자에 숨었다. 그녀가 사라진 자리에 물방울처럼 투명한 문이 대신했다. 나는 멈출 새도 없이 물에 잠기는 소리를 내며 그 공간을 통과했다. 깨끗했던 녹색의 언덕은 사라지고 희미하고도 빛바랜 가을이 되었다. 어렴풋한 능선과 그 앞에 작은 집이 홀로 서있었다. 나는 멈추지 않고 여전히 빠르게 뛰었다. 가을의 푸석한 소리가 계속되고 희미했던 작은 집이 내 눈에 정확하게 들어왔다. 그토록 소망했던 나의 집이었다. 내 발걸음 끝은 마침내 집이었다. 나는 오랫동안 나를 기다릴 가족들을 상상하며 끊임없이 뛰었다. 집이 내 손 앞에 도달하자 나는 굳게 닫힌 문을 열었다. 그러나 그곳은 암흑이었다. 아무것도 보이지 않았다. 가족은 사라졌고 나는 절망의 슬픔에 빠졌다. 내가 울기 직전 나를 달래기라도 하듯 집 안의 모든 조명에 불이 들어왔다. 암전은 백야가 되었고 이내 나를 삼켜버렸다. 시간이 지나 내 눈이 창조물들을 분간할 수 있게 되었다. 나는 또다시 어딘가를 달리고 있었다. 하지만 집은 사라졌고 흰색 재킷을 입은 남자만이 갈대밭을 걷고 있었다. 나는 멈추고 싶었지만 멈출 수 없었다. 내 의도하지 않은 걸음은 남자에게로 향했다. 가슴이 빠르게 뛰었다. 상처가 가득한 팔과 피 묻은 흰색 재킷을 입은 남자가 가까워졌다. 어느덧 내가 그 남자 바로 옆에서 원하지 않은 큰 발소리를 냈다. 그 소리에 처음보다 더욱 커진 알을 끌고 가던 남자가 나를 향해 고개를 돌렸다. 그리고 왼팔을 들어 앞을 가리켰다. 내 시선이 그곳을 향했다. 그곳에는 사라진 줄로만 알았던, 무엇보다 거대한, 까만 산이 선명하게 드러났다. 나는 깊은 바다까지 품고 있는 그 산에 영원히 다가갈 수 없게 되었다.

해설

인간 존재의 축도縮圖를 담은 가열한 서사들

: 한동일 소설집 『불 꺼진 나의 집』

1. 보편적 진실을 중시하는 소설적 증언

  한동일의 첫 소설집 『불 꺼진 나의 집』열림원, 2024에 실린 단편들은 인물들이 처한 난경難境과 그로 인한 내면적 비극성을 한결같이 담고 있다. 그의 소설에서는 다양한 인물들이 부조리한 인생의 국면들을 여실하게 보여준다. 우리 시대에 대한 해석과 판단을 자연스럽게 수반하면서 개인과 공동체, 실존과 역사, 말과 침묵에 대한 작가의 사유와 전망을 우회적으로 들려준다. 그 과정에서 그의 소설은 낱낱의 사실fact보다는 보편적 진실truth을 중시하면서 우리에게 한 시대의 지도地圖로 다가오게 된다. 아닌 게 아니라 이번 소설집에 담긴 한 편 한 편의 이야기는 삶의 불가피한 비극성을 총체적으로 은유하면서, 존재론적 영도零度에 처한 인물들을 통해 매우 중요한 소설적 증언을 수행하고 있다. 그 인물들은 가혹하고 신산한 곳에서 힘겹게 살아가면서 유령처럼, 낭인처럼, 피해자처럼, 주변인처럼, 육신과 영혼 밑바닥까지 내려가는 경험을 들려주는 시대의 증인으로 등장한다. 개성적이고 감각적인 한동일의 문장과 호흡은 이러한 세상 모습을 전하는 데 맞춤한 유일성과 적합성을 가지고 있다. 이제 그 세계 안으로 한 걸음씩 들어가보도록 하자.

2. 구체성을 담은 우리 시대의 묵시록

삶은 우연한 순간의 연속으로 이루어진다. 물론 예상 가능한 절차에 대해서는 얼마든지 대처할 수 있겠지만, 그러한 해석과 판단을 무색하게 하는 예외적 사건들은 우리로 하여금 합리성의 덧없음과 한계를 절감하게끔 해주기도 한다. 이처럼 삶에서 이성과 탈脫이성의 힘은 늘 어긋나고 비껴가면서 어둑한 양면성을 형성한다. 그래서 우리는 합리성으로 현실을 논하기도 하지만 비합리적 욕망에 대해서도 관심의 끈을 놓지 않는다. 어디 그뿐인가? 아폴론적 질서와 디오니소스적 혼돈의 상호 얽힘도 삶을 신비롭게 만드는 중요한 측면이다. 한동일의 소설은 삶에 대한 합리적이고 점진적인 개선 가능성보다는 비극적 침잠 과정을 통해 한 시대의 정체성을 사유해가는 모습을 선명하게 보여준다. 그럼으로써 작가는 '한동일 스타일'의 리얼리즘을 통해 한 시대의 묵시록을 우리에게 처연하고 강렬하게 들려주고 있는 것이다.

먼저 「인간 모독」을 읽어보자. 이 단편은 초등학교 시절 교사들로부터 가볍지 않은 폭력을 경험한 여주인공이 이제 교사가 되어 폭력의 피해자가 되어가는 과정을 그리고 있다. 물론 그 두 가지 폭력 사이에는 학생의 교사로의 변화도 있지만, 너무도 달라진 학교 풍경도 개입해 들어온다. 초등학교 시절 '나'는 공부 잘하고 병약한 아이였는데, 교사들의 이해하기 어려운 폭력성은 학년을 달리하면서 반복된다. 그런데 '나'는 초등학교 교사가 되어서도 또 다른 의미의 피해자가 된다. 시간이 많이 흘렀고 위치도 달라졌는데 말이다.

학생이었던 시절의 나는 폭력의 피해자였다. 단 한 번도 그 상처를 달랠 길도 치유할 방법도 찾지 못했던 나는, 선생이 된 이후로 또다시 얻어맞았다. 선생이라는 이유로 구타했고, 선생이라는 이유로 얻어맞았다.

한 학생이 다른 아이를 때리는 광경을 목격한 후 가해 아이에게 소리를 친 순간을 계기로 '나'는 학부모로부터 거센 항의를 받는다. 폭력을 휘두른 아이에 대한 징계는 없었고 '나'는 그 일에 대해 사과하게 된다. 이런 일도 있었다. 공개 수업 때 한 아이의 짓궂음 때문에 '나'는 하혈을 하고 정신을 잃었다. 아이 엄마가 보내온 문자메시지에 칼날 같은 답신을 보낸 후 결국 아이 엄마에게 고소를 당한다. '나'는 사과와 함께 그쪽이 제시한 민사소송 청구액보다 더 큰 돈을 건네면서 사건은 종결된다. 아이들의 등대가 되고 싶었고, 선생보다는 스승이 되기를 간절하게 원했던, 자신과 결별하는 마지막 장면이다.

나는 천천히 자리에서 일어나 책상으로 향했다. 책상 위의 작은 액자를 들었다. 환하게 웃고 있는 대학 졸업식에서의 내가 보였다. 가슴이 두근거렸고 두 어깨와 양손이 떨리고 있음을 느꼈다. 나는 한참 동안 나를 바라보다 책상 위에 던지듯 떨어뜨렸다. 한 손으로 액자를 쥔 채 뺨 위에 흐르는 눈물을 닦았다. 내 등을 토닥였던 누군가의 손길처럼 눈물이 액자를 두드리기도 했다. 나는 손가락으로 액자 위의 눈물을 닦아내려 했지만, 유리는 손을 댈수록 더러워졌다. 소매를 잡아당겨 유리를 닦았다. 그사이 감정은 차츰 잦아들었다. 고개를 돌려 창에 비친 나를 바라봤다. 빨간 두 눈, 코끝과 볼 그리고 굳게 깨문 아랫입술과 턱은 여전히 떨리고 있었다. 슬픔을 머금은 긴 숨을 내쉬었다. 그러고는 쥐고 있던 액자를 힘껏 안은 뒤 사치스러운 옷이 담겨있던 서랍 속으로 밀어 넣었다. 나는 나와 작별했다.

책상 위에 놓인 졸업 사진은 아마도 '나'를 '나'이게 하고 교사이게 했던 존재론적 기원^{origin}을 품고 있었을 것이다. '나'는 액자의 사진을 서랍 속으로 밀어 넣으면서 '나'와 그렇게 작별한다. 이 서사에는 초등학교 담임들, 교장, 학부모, 무임승차 승객까지 폭력성과 이기심을 몸 안에 깊이 내장한 군상들이 출현한다. 모두 '나'와 적대적 대립을 이루는 '선악 구도'의 한 축이다. 표층적으로 보면 이 소설은 이들을 고발하는 속성을 띤다. '교편^{敎鞭}'이라는 회초리의 은유를 지난 시절로 돌려버리는 작금의 교권 침해에 관한 소설로도 읽힌다. 하지만 이 작품은 전체적으로 '인간' 자체에 대한 모독으로 흘러가는 우리 시대에 대한 증언을 지향하고 있다. 거듭되는 악몽의 구조로 세상을 은유하고 있는 과정이 한동일 소설의 이러한 속성을 잘 보여준다. 그 점에서 「인간 모독」은 폭력이 편재遍在하는 학교 상황에 대한 사회적 고발이자, 한 시대의 가장 우울한 구체적 묵시록으로 다가오고 있다.

표제작 「불 꺼진 나의 집」은 어떠한가. 이 소설은 아내가 다른 남자를 사랑하여 떠나가고 빈집에 홀로 남은 '나'의 기억과 상념으로 구성된 작품이다. '나'는 언젠가 카페 창가에 앉아있는 그녀에게 다가가 "남들도 그렇듯" 청혼하고 결혼하여 아이를 낳게 된다. 어렵게 가진 아이가 다운증후군으로 밝혀지자 '나'는 인공유산을 원했지만 아내는 반대하여 아이를 출산한다. 두 돌 지나 아이가 죽자 아내는 아이를 기억에서 지우려고 온라인 상점에 아이 용품을 판매하기로 했고, 그곳에서 그 남자를 만났고, 그가 아내를 위로하면서 둘은 가까워진다. 임신과 출산 중간에 승진을 한 '나'는 꽃과 케이크를 사서 자축의 의미로 아내에게 가져온다. 아이를 위해 사 온 것으로 믿었던 아내는 나중에 그 사실을 알고는 "당신은 한 번도 우리… 내 아이를 원한 적이 없었어." 하고 방으로 들어가서 문을 닫는다. 아내는 '나'에게 마지막 남은

"자신의 물건"을 가져가겠다고 하였고, 언제나 그랬듯 '나'는 불이 꺼진 어두운 집으로 혼자 돌아간다. 그리고 한 번도 열어보지 않았던 아이의 방으로 들어가본다.

   닫혀있던 문을 열었다. 스툴 하나가 방바닥에 나뒹굴고 있었다. 그리고 아내는 목을 맨 채 바람에 흔들렸다. 빈방으로 주황색 가로등 불빛이 깊이 배어들다, 내게 다가왔다. 모두가 빠져나간 집은 깨끗해 보였다. 나는 문을 닫았다. 거실로 돌아가 들고 있던 서류 가방을 소파 위에 올려놓았다. 나는 종일 내 목을 조이고 있던 넥타이를 느슨하게 풀고 주방으로 향했다. 냉장고 문을 열어 마시다 만 물병을 꺼냈다. 물방울 맺힌 병을 열어 숨이 막히도록 들이켰다. 뱃속에 차가운 자갈이 가득 찼다. 마시지 못한 물이 바닥으로 시끄럽게 떨어졌다. 얼마 남지 않은 물은 싱크대에 버렸다. 나는 거실로 돌아와 소파에 앉아 켜지 않은 TV를 봤다. 까만 화면 위로 내 실루엣이 가득 찼다. 그리고 내 그림자 안에 아이의 죽음이 중첩됐다. 양팔의 털이 곤두섰다. 나는 빈 화면을 보며 웃고 있었다.

   떠나간 아내와 아이의 환영幻影이 보인다. 가로등 불빛만 가득한 빈방과 서류 가방이나 넥타이가 있는 거실은 죽음과 삶, 평온함과 분주함의 대비를 통해 이 소설의 주인공이 얼마나 본원적 의미의 사랑으로부터 먼 존재인가를 암시한다. "내 그림자 안에 아이의 죽음이 중첩"되는 순간이 그러한 쓸쓸한 메시지를 전한다. 이 소설은 언뜻 불륜과 사랑을 둘러싼 가정소설로 읽힐 것 같지만, '나'와 아내의 내면으로 흔들리는 인간 욕망의 투시도透視圖로 더 분명하게 다가온다고 할 수 있다. 소설 전체에서 굵은 글자로 처리된 두 표현 "남들도 그렇듯"과 "자신의 물건"은 '모두'의 것과 '나'만의 것을 구별해주는 기표로 보이지만, 어차피 그것들은 아이의 죽음이 '나'의 그림자에 중첩되듯 우리 삶에서 혼재한다는 사실을 암시하기도 한다. 그 점에서 이 작품은 또 하나의 폭력적 구도로 짜인 현대인의 내면을 들여다보게 해주고 있다. 현대 사회에서 인간은 끊임없이 부품화하고 원자화하여, 한 사회의 능동적 참여자보다는 항상 혼자일 수밖에 없는 고독한 조난자가 되어간다. 한동일의 소설은 이렇게 분주하면서도 뒤안길로 밀려나버린 주변적 존재자들의 삶을 통해 고독한 조난자의 서사를 만들어간다. 때로 허무주의적이고 비극적인 내용을 품으면서, 그럼에도 인간의 존엄성을 반어적으로 강조하는 지적 모색을 계속하고 있는 것이다.

그런가 하면 「냄새」 또한 우리 시대의 축소판으로 읽어도 좋을 소설이다. 주인공 '나'와 함께 살던 친구 박훈이 죽자 그의 장례를 둘러싸고 가난의 서사가 펼쳐진다. '나'는 박훈의 제의로 함께 살다가 박훈이 떠나고 서로 만나지 못했다. 그러다가 그가 자살로 추정되는 죽음을 맞았다는 연락을 받는다. 박훈의 죽음을 확인하기 위해 들른 건물에서 맡게 된 시큼하고 역한 '냄새', 건물 전체에서 진동하는 '악취'는 그대로 이 소설의 서사를 감각적으로 환기하고 있다. 경찰관으로부터 박훈의 유품을 건네받은 '나'는 박훈이 남긴 노트에서 다음과 같은 글을 발견한다.

시인이 되고 싶었다. 바다 위에 쏟아진 6시 햇살을, 내 미문을 통해 황금의 빛으로 조형하고, 내 가난을 그 안에 실려 보내고 싶었다. 하지만 꿈은 배를 타고 달아났고, 나에겐 나태함만이 얼굴 위에 두 눈과 귀에 쏟아져 내렸다. 모래 안으로 발목은 깊게 박힌 채 떠나가는 그 하얀 배를 손만 뻗어 그리워했다. 꿈을 담으라는 철학가는 사라졌다. 나태함의 죄악을 이마에 새긴 비천한 사내만이 덩그러니 서있었다. 나의 반항은 내 꿈이 아닌 낙인 없는 자들에게 향했지만, 그들은 내 발끝에 못 박고 영혼이 되살아나는 것마저 거부했다.

그들에게 나의 탄식은 들리지 않았다. 그들은 먼발치에 서서 황금빛 태양은 바라보지도 않고 나를 보며 웃고 있었다.

시인과 철학가가 모두 사라져버린 세상, 미문美文의 욕망과 탄식이 교차하는 가난의 세월, 그리움과 비천함을 숨가쁘게 육화할 수밖에 없는 한 사내의 자조적 고백이 담긴 노트였다. 어쨌든 가족을 떠나 새롭게 재기하려던 박훈의 꿈은 속절없이 무너졌다. 어렵게 연락이 닿은 그의 아내는 경제 사정을 들어 '나'에게 남편의 장례를 부탁한다. 비용 문제로 고민하던 '나'는 박훈이 세 들어 살던 건물 주인으로부터 박훈의 보증금을 받는다. 경제적으로 손실만 끼치던 박훈이 죽어서 비로소 '나'에게 마지막 경제적 지원을 한 셈이다.

나는 장례식장 입구에 혼자 서있었다. 뜨거운 바람이 몰려왔다. 눈을 감았다. 남자가 건네준 돈 봉투를 세게 움켜쥐자 쉽게 찌그러졌다. 그 순간 내 얼굴은 일그러졌고 빨갛게 달아올랐다. 흐르던 땀은 쏟아지기 시작했다. 세차게 고함을 내질렀다. 건물이 흔들렸다. 언제부턴가 내 안에서 시큼한 냄새가 났다.

'나'가 시종일관 맡았던 역한 냄새는 이제 건물과 방 안에만 있지 않다. '나'의 내면으로도 들어온 것이다. 이 작품은 우리 시대 저변을 이루는 이들의 가난한 생활 소설이기도 하지만, 폭력의 한 변형태인 가난과 소외가 외적 조건이 아니라 내적 상수常數로 존재함을 암시해준다. 출구가 전혀 보이지 않는 우리 시대의 한 초상이 저렇게 침착하고 구체적으로 담겨 있는 것이다.

이 세 편의 소설은, 프랑스 시인 랭보A. Rimbaud가 노래한 "상처 없는 영혼이 어디 있으랴"라는 유명한 전언을 소설적으로 증언하면서, 우리 삶이 근원적으로 고통 속에 있는 과정임을 알려준다. 그리고 그 고통을 만들어낸 폭력들과 힘겹게 대결하면서 여전히 불모의 삶을 이어가는 이들을 담아낸다. 작가는 이 호환 불가능한 고통들에 자신의 예술적 가능성을 부여하고 있다. 우울하지만 매우 구체적인 인간 욕망의 바닥이 한동일로 하여금 그 어떤 작가보다도 더 구체적이고 비타협적으로 이러한 세계를 구축하게끔 해준 것이다. 지난 시절 우리 소설이 대개 역사적, 경험적 진실의 세계를 공동체적 선善이라는 방향과 함께 써나감으로써 계몽적 열정을 강하게 보여주었다면, 한동일의 소설 미학은 현저하게 개별적 체험을 구체화하는 방향을 취하면서 독자로 하여금 한 시대에 참여하게끔 하는 과정을 요구하고 있다. 그의 소설은 이러한 양편향의 독해를 모두 적용할 수 있는 경험, 감각, 감수성을 모두 담고 있다는 점에서 단연 주목할 만하다. 그렇게 한동일의 소설 미학은 경험적 진실성을 최적화하면서, 경험의 구체성과 가치의 보편성을 결속한 우리 시대의 묵시록으로 단연 우뚝하다 할 것이다.

3. 현실과 꿈의 교차, 환상성의 서사

소설을 읽는 방식은 대개 두 가지로 나타난다. 하나는 소설 속 이야기에 경험적으로 동참하는 일이며, 다른 하나는 서사를 따라가면서 파생적 상상을 해보는 일이다. 빼어난 이야기꾼이라면 전자의 경험을 압도적으로 선사하겠지만, 내면 묘사가 많고 우의적寓意的 터치가 강한 작품이라면 후자의 독법讀法이 더 커다란 경험을 줄 것이다. 한동일은 후자의 독법을 강하게 지지하는 소설가이다. 이색적 소재와 인물을 통해, 간명하고 단단한 문장을 통해, 상처와 몰이해, 부재와 죽음의 프로세스를 치밀하게 구성해간다. 그럼으로써 우리 시대의 여러 병리적 징후와 함께 그것이 어떻게 발원하는지를 묻고 답해간다. 그의 인물들은 우연적이고 충동적이고 일상적인 욕망의 모습을 함유하면서도, 확연한 윤리적 계열체로 나눌 수 없는 복합성을 거느리고 있다. 인물들끼리 우연의 힘을 빌려 얽히고설킨 그물망이 복잡한 다발로 이루어져 있다. 소설 공간 역시 다양하게 산포되어 있는데 이러한 스케일을 가진 서사는 관계의 이합집산을 거듭하면서 명멸해간다. 그 과정에서 작가는 현실과 꿈의 교차를 통해 이러한 몰락의 서사를 천천히 이끌어가고 있다.

「죽음을 맞이한 방」은 M이라는 사내가 외따로운 빈집에서 죽음의 방식을 찾아가는 이야기를 담고 있다. 아내는 어린 딸을 죽이고 스스로 목숨을 버렸다. 아들은 떨어져 살고 있고 M은 "완벽한 타살"을 상상하고 있다. 자살로 보이면 아들에게 조금의 보험금도 가지 못할 것이고 끝내 가족은 파멸할 것이기 때문이다. 소설은 환상과 실제를 교차하면서 M이 빈집에서 두 남자와 대화하는 서사로 짜여있다. 물 한 방울마저 다 말라버린 빈집에서 M은 한편으로는 죽음에 대한 두려움으로 한편으로는 죽음을 향한 노력으로 자신과 싸우고 있다.

낡은 침대 안에서 M은 눈물을 흘렸다. 생명의 유혹을 뿌리치지 못한 짐승의 본능이 소름끼쳤다. 애초부터 죽음을 핑계로 현실로부터 도피한 자신에게 환멸을 느끼고 있었다. 밖에서 창을 두드리는 소리가 났다. 그것은 긁어대는 소리로 바뀌기도 했다. 빈집에서는 고요한 시간이었지만 오늘만큼은 어느 것도 M을 내버려두지 않았다. M은 이불을 덮은 채 창밖을 봤다. 달을 가둔 창틀 안으로 나무 그림자가 흔들렸다. 조각난 구름 사이로 떠있는 달은 안개를 동반한 태양보다 밝았다. 빈집의 차가운 벽 위로 단풍나무 그림자가 비쳤다. 흔들리는 잎이 딸의 손으로 보였다. 바람이 거세지자 나뭇잎이 세차게 움직였다.

생에 대한 집착과 죽음으로의 도피라는 양극의 욕망을 함께 가진 M은 빈집의 차가운 기운과 사물의 그림자를 자신의 분신으로 느껴가고 있다. 그런데 그 빈집으로 어떤 남자가 들어와 M과 오랜 대화를 나누고 떠난다. 남자는 들고 있던 M의 가족사진을 불길에 던져 태워버리고, M은 자신의 가족에 대한 미련을 거두어준 남자에게 고마움을 느낀다. "그쪽을 죽이러 왔어요."라고 말하는 남자에게 M은 "2층 침대에서 베개로 날 눌러주십시오. 아내가 내 딸을 죽였던 방법입니다. 나도 그렇게 죽고 싶습니다."라고 말한다. 그때

새 한 마리가 창으로 들어와 비명 소리를 내자, M은 난로를 향해 새를 세차게 던진다. 남자는 문을 열고 사라진다.

  남자가 떠난 후 삶에 대한 미련이 살아나던 M에게 등산객 한 사람이 다시 빈집으로 찾아온다. 그는 M에게 음식과 술을 건네는데, 이 과정에서 M은 자신의 죽음의 의지를 거두기로 한다. "돌아가면 아들을 위해 이전보다 더 충성스러운 삶을 살기로 했다. 죽은 가족들에 대한 연민은 아들에 대한 사랑으로 돌려주겠다고" 결심을 한 것이다. 하지만 방문객도 집을 떠나고 M은 더 이상 과거의 죽음에 매몰되지 않겠다고 다짐하면서 먼저 떠난 남자를 기다린다. 그런데 M이 침대에서 일어나 문을 향해 발을 떼는 순간, 그의 발끝이 문턱에 닿는다. 중심을 잃고 앞으로 고꾸라진다. 며칠 후 신문에는 "화재로 집이 전소되었고 그 안에서 신원을 알 수 없는 남성의 시신이 발견되었다는 내용"의 기사가 실린다. 결국 자살이나 타살을 입증하기 어려운 화마火魔로 인해 M은 죽은 것이다. 그와 대화를 나누고 떠난 두 남자는 현실 속 인물들일 수도 있겠고 M의 상상적 분신일 수도 있겠다. 소설 속의 시공간, 대화, 소도구들까지 작가는 꿈과 현실의 교차를 통해 담아내고 있다. M의 최후는 개인적 차원으로 보면 도피의 성취이지만, 본질적 차원으로 보면 스스로 죽음의 방식을 택할 수 없는 인간 욕망의 필연적 몰락 과정을 보여주는 것이기도 하다.

「소송」은 소송을 진행 중인 주인공 A가 겪는 심리적 억압을 역시 꿈과 현실의 교차 과정을 통해 그린 소설이다. 우리의 기억 속에는 카프카F. Kafka의 동명同名 소설이 있다. 서른 번째 생일날 아침 갑자기 체포된 요제프 K가 자신도 모르게 끝이 보이지 않는 소송에 휘말리게 되는 소설이다. 가장 비현실적인 상황을 통해 억압적 현실을 드러내며, 얼굴을 드러내지 않는 억압의 실체가 지배하는 세상에서 개인이 겪는 무력감을 담아낸 카프카의 걸작이다. 그러고 보니 한동일 소설들 가운데 이 작품은 유독 카프카의 문체를 빼닮았다. 주인공 '말로 A'도 '요제프 K'의 이름을 닮았다.

은행 국장인 A는 어떤 일로 피소가 되었는데, 행장의 권유로 그 은행과 거래하는 어느 회사의 사장을 방문하여 은행 입장을 전하는 임무를 띠게 된다. 2시간가량 떨어진 도시의 사장 저택으로 이동하던 A는 "머릿속에 소송과 오늘 해결해야 할 일"이 엇갈리는 경험을 한다. A를 기다리던 사장은 "아직 소송이 진행 중인데 저를 만나도 되겠습니까?"라는 말을 건넨다. "소송은 제가 무리하게 부탁해서 벌어진 일이라 유감스럽게 생각합니다. 보시다시피 제 쪽은 마무리가 잘됐습니다. 그러면 당연히 국장님 소송 건도 좋게 마무리되겠죠."라고 하면서 말이다. 끝내 소설에서 소송의 맥락은 밝혀지지 않지만 A에게 소송이 얼마나 고통과 억압을 가져다주는지는 행간마다 잘 나타나있다. 그런데 행장이 건넨 말과 사장의 말이 일치하지 않고 엇갈리자 A는 모두를 의심하면서 다시 자신의 도시로 돌아온다. '오늘'을 복기해본 A는 "행장이 넘겨준 카드, 그 알 수 없는 드론, 자신의 전화기" 등을 모두 의심하게 된 것이다.

A의 머릿속에선 해결되지 않은 문제들이 엉키고 있었다. 애써 이해하지 않으려 했던 것들이 수면 위로 떠올랐다. 다시 실장만의 계략이 아니라는 의혹이 살아났다. 행장을 비롯해 친구라고 믿었던 사장까지도 의심하기 시작했다. A의 불신은 사장의 대화를 자백으로 만들었다. 사장과 있었던 일들도 모략으로 여겼다. 그리고 배회하던 드론의 주인은 사장이라고 믿었다. A의 퍼즐이 맞춰질수록 그의 의심은 확신으로 전환되고 있었다. 사장은 음모에 가담한 배신자였다. 이 생각에 도달하자 A는 자신의 소송은 패소하고야 말 거라는 좌절로 근접했다.

그는 소송에 빠져서 사물을 제대로 인식하지 못한 스스로를 발견한 것이다. 그런데 소설은 "A가 눈을 떴을 때 그는 사무실 소파에 누워있었다."라고 함으로써 하루 동안의 일들이 모두 '꿈'은 아니었을까 하는 점을 환기한다. 사무실은 그대로 고요했고, 모든 것은 그대로 있었다. "A에게 어제 일은 소송 때문에 발생한 착각"이었던 것이다. 그러다가 A는 다시 행장에게 가는데 거기서 경찰들과 마주치면서 "이 상황이 아직 깨지 않은 꿈이길" 바란다. A는 난간을 잡고 그 위로 올라 재빨리 몸을 돌려 창밖으로 뛰어내린다. 몸을 일으켜 만신창이가 된 몸을 이끌고 주차타워를 향해 그는 뛰어간다. 그렇게 이 소설은 '소송'이라는 억압의 구도가 현실과 꿈 모두를 지배하면서 주인공을 몰락으로 이끌어가는 과정을 치밀하고도 강렬하게 구성하고 있다. 그럼으로써 부조리한 세계에 대한 통절한 비판을 수행하고 있다. 그것이 역시 꿈과 현실의 교차 혹은 혼재 과정을 통해 형상화되고 있는 것이다.

「팽팽하게 감긴 태엽」은 그 자체로 꿈의 구조를 닮은 환상적이고 신화적인 요소로 가득한 소설이다. 상상 속의 행로를 눈부시게 이동해가는 '나'는 무수한 사람들과 순간과 장면과 사물을 만난다. 그 자체로 탐색담^{Quest story} 속성을 강하게 띤 환상소설의 성격을 품고 있는데, 주인공 '나'는 그 과정에서 '알'과 '연꽃'과 '숲'과 '사막'을 만나고 마침내 자신에게 크나큰 상처를 주었던 시간들을 떠올린다.

    시간이 지나 내 눈이 창조물들을 분간할 수 있게 되었다. 나는 또다시 어딘가를 달리고 있었다. 하지만 집은 사라졌고 흰색 재킷을 입은 남자만이 갈대밭을 걷고 있었다. 나는 멈추고 싶었지만 멈출 수 없었다. 내 의도하지 않은 걸음은 남자에게로 향했다. 가슴이 빠르게 뛰었다. 상처가 가득한 팔과 피 묻은 흰색 재킷을 입은 남자가 가까워졌다. 어느덧 내가 그 남자 바로 옆에서 원하지 않은 큰 발소리를 냈다. 그 소리에 처음보다 더욱 커진 알을 끌고 가던 남자가 나를 향해 고개를 돌렸다. 그리고 왼팔을 들어 앞을 가리켰다. 내 시선이 그곳을 향했다. 그곳에는 사라진 줄로만 알았던, 무엇보다 거대한, 까만 산이 선명하게 드러났다. 나는 깊은 바다까지 품고 있는 그 산에 영원히 다가갈 수 없게 되었다.

    여러 탐구 과정을 통해 "창조물들을 분간할 수 있게" 된 주인공은 또 어딘가를 향하여 멈출 수 없는 행로를 떠난다. 여기서 "상처가 가득한 팔과 피 묻은 흰색 재킷을 입은 남자"는 어쩌면 주인공 스스로의 초상이었을 것이다. "더욱 커진 알을 끌고 가던 남자"와 '나'는 사라진 줄로만 알았던, 거대한 산에 함께 이른 상호 분신이었던 셈이다. 한동일은 환상성 강한 행로들을 통해 주인공이 겪은 일들이 실제보다 더 구체적인 삶의 은유로 다가오게끔 배려하고 있다. 그만큼 이 소설에서 환상성은 근원적인 요소로서 내재되어 있으며 작가의 창조적 비밀로 기능하고 있는 것이다.

언젠가 프로이트^{S. Freud}는 모든 유혹의 기억이 환상의 산물일 수 있다고 말한 바 있다. 그는 환상이 현실의 정확한 지각을 방해하지만 '상상의 산물'로서 새로운 현실 이해를 가능하게 해준다고 하였다. 그에 의하면 문학의 최초 흔적은 어린아이에게서 발견되며 아이들이야말로 자기만의 세계를 새로운 질서에 맞추어 배치하고 있다고 하였다. 성인이 된 이후 놀이는 꿈 혹은 환상으로 대체된다. 작가의 창조적 행위는 이처럼 어린 시절 놀이의 연장선에서 태어나는 것이다. 한동일 소설의 환상성은 새로운 세계에 감정을 집중시키면서 그것을 현실과 유비시키는 데서 찾아진다. 이러한 꿈 혹은 환상은 결국 욕망의 성취를 선사하지 않는 현실에 대한 보정의 의지이기도 할 것이다. 「팽팽하게 감긴 태엽」은 그러한 속성을 탁월하게 그려준 득의의 소설인 셈이다.

인간은 몸과 마음을 아울러 갖춘 존재다. 몸이 시키는 욕망과 마음이 시키는 출렁임은 서로의 방향을 예측하기 어려울 정도로 분열되어 있는지도 모른다. 한동일의 소설은 이러한 양면성을 포괄적으로 이해하고자 한다. 인간을 통합적으로 이해한다는 것은 인간의 양면성을 불가피한 존재방식으로 받아들인다는 것을 뜻하기 때문이다. 개인과 사회, 성과 속, 꿈과 현실을 통합적으로 파악하는 중에 삶의 정체성을 확보해간다는 믿음이 소설의 저류底流에 흐르고 있는 것이다. 따라서 한동일 소설을 읽는 이들은 상상적 일탈을 통해, 꿈과 현실의 불가피한 교차를 통해, 환상적 상황과 언어를 통해, 자신이 살아온 생에 대해 다시 한번 실존적 자각을 수행할 수 있을 것이다.

4. 삶을 입체적으로 바라보게끔 해주는 시선의 만화경萬華鏡

최근 우리 소설이 처해있는 조건은 이중의 변방성이라고 할 수 있다. 하나는 여타의 대중예술 장르로부터 경원당하고 있다는 것이고, 또 하나는 인문학의 위기라는 담론을 통해서도 홀대받고 있다는 것이다. 영화를 비롯한 자본주의

영상미학의 총아들에 의해 현저하게 위세가 꺾인 소설은 이제 인문학으로의 담론 확장을 요구받고 있다. 어쩌면 소설은 인간 욕망을 조율하는 기능을 가진 디오니소스적 언어행위이니만큼 인문학의 위기를 타개하는 역할을 창의적으로 해나갈 수 있을 것이다. 한동일의 소설은 이러한 의제agenda를 역동적으로 우리에게 던지는 확장적 속성을 가득 품고 있다. 인간 특유의 가치가 소외되고 배제된 사회적 상황을 넘어 그의 소설은 좀 더 본질적인 인간 욕망의 덧없음과 그것의 필연적 몰락 과정을 그림으로써 그러한 의제에 한층 육박해가고 있기 때문이다.

  단편소설은 집중된 한 가닥의 사건이나 관념을 중심으로 사람살이의 날카로운 단면을 재현해 보여주는 문학 양식이다. 그것은 장편이 추구하는 전체성이나 서정시가 중시하는 내포성 사이에 존재하면서 양자의 성격을 동시에 아우르고 구현하게 마련이다. 따라서 독자들은 빼어난 단편을 통해 역사나 이념 같은 거대담론의 정수精髓는 물론, 우리가 지나치기 쉬운 일상 국면도 경험하게 된다. 그만큼 좋은 단편은 그 안에 담긴 인생 단면을 통해 일종의 '내포적 전체성'에 이르는 각별한 경험을 우리에게 부여한다. 그 점에서 한동일의 이번 소설집에 실린 여섯 편의 단편은 무의미한 관성의 집적으로 보이는 우리 삶을 입체적으로 바라보게끔 해주는 시선의 만화경萬華鏡으로 훤칠하게 다가온다. 그만큼 그의 소설은 어느 제도적 형식보다도 한 시대를 징후적으로 알 수 있게 하는 살아있는 보고寶庫로 거듭나고 있다. 그리고 이번 소설집은 그러한 도정의 첨예한 증좌가 되어주면서 그로 하여금 우리 시대의 미학적 총아로 나아가게끔 해줄 것이다.

이처럼 인간 존재의 축도縮圖를 개성적으로 담아낸 한동일 소설의 가열한 서사가, 주변적 존재자들을 향한 그의 섬세하고도 진중한 시선과 필력이, 앞으로도 우리 소설사에 더욱 좋은 문장과 사유를 한없이 부여해가기를 마음 깊이 소망해본다.

유성호(문학평론가, 한양대학교 국문과 교수)

불 꺼진 나의 집

초판 1쇄 인쇄 2024년 8월 30일
초판 1쇄 발행 2024년 9월 2일

지은이 한동일
펴낸이 정중모
펴낸곳 도서출판 열림원
발행처 공주문화관광재단

출판등록 1980년 5월 19일(제406-2000-000204호)
주소 경기도 파주시 회동길 152
전화 031-955-0700
팩스 031-955-0661   페이스북 /yolimwon
홈페이지 www.yolimwon.com   트위터 @yolimwon
이메일 editor@yolimwon.com   인스타그램 @yolimwon

책임편집 서경진   온라인사업 서명희
편집 김은혜   제작 윤준수
디자인 강희철   영업관리 고은정
마케팅 홍보 김선규 고다희   회계 홍수진

ⓒ 한동일, 2024

ISBN 979-11-7040-279-4 03810

* 저자와 출판사의 서면 허락 없이 내용의 일부를 무단 도용하거나 발췌하는 것을 금합니다.
* 책값은 뒤표지에 있습니다. 잘못된 책은 구입하신 곳에서 교환해드립니다.
* 본 도서는 (재)공주문화관광재단(대표이사:김지광) 사업비로 제작되었으며
  「2024 공주 문학인 출판사업」 '신진 문학인' 선정 작품집입니다.